父、高祖保の声を探して

宮部修

思潮社

高祖保

京橋「京花」にて、村野四郎、岩佐東一郎、春山行夫らと。後列右から2人目が高祖保
昭和17年11月7日

妻徳子、長男修と。昭和17年1月6日
筆者蔵

昭和11年4月頃

第1詩集『希臘十字』
（昭和8年、椎の木社）

第2詩集『禽のゐる五分間写生』
（昭和16年、月曜発行所）

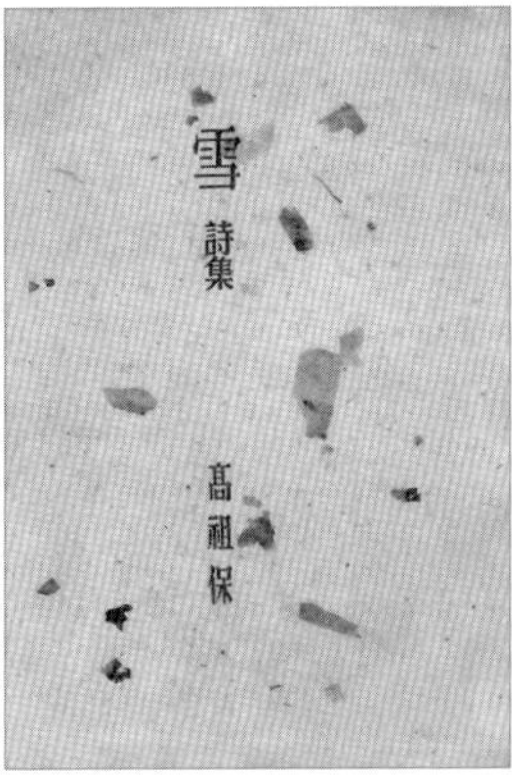

第3詩集『雪』
（昭和17年、文芸汎論社）

第4詩集『夜のひきあけ』
（昭和19年、青木書店）

『高祖保詩集』
（昭和22年、岩谷書店）

「門」創刊号
（昭和4年）

三行
一行
獨樂
12ポ全角アキ
秋のゆふべの卓上にして
獨樂は廻り澄む
——青森大鰐、島津彦三郎作、太獨樂が
——鳥取の桐で作られた占ひ獨樂が

未刊となった第5詩集『独楽』直筆原稿

＊表記のないものは全て彦根市立図書館蔵

父、高祖保の声を探して

宮部 修

思潮社

目次

第二章　父の声

カバー写真＝彦根市立図書館蔵
装幀＝思潮社装幀室

父、高祖保の声を探して

はじめに

父、高祖保（明治四十三－昭和二十年）は戦争で若くして死んだため、知名度は低いが、抒情詩人として根強いファンはいる。執筆期間は昭和二年から十九年と、戦時色の濃い時と重なっている。しかも寡作で、詩集は少部数の自費出版である。ところが二十年ほど前に研究者が現れた。外村彰教授（現在は広島の安田女子大で文学博士、当時は滋賀大講師）は、滋賀の彦根で育った保に郷里出身の詩人として親近感をおぼえ調べ始め、その成果を評伝にまとめたほか、書簡集、エッセイ集、全作品集などにまとめた。これが引き金になり、彦根市立図書館では、二〇一〇年に「生誕一〇〇年展」、二〇二〇年に出生地の岡山の吉備路文学館では三ヶ月間、「生誕一一〇年　雪の詩人高祖保展」が開かれた。

息子としてはこの状況に背中を押されるように父の難解な詩を読み始めた。実はこれまでにも何回かは父の詩を読んでいるのだが、取っ付きにくいので途中でギブアップだった。

ところが、こんどは難関を突破した。それは私の好きな堀口大學の次の詩が頭をかすめていたからだ。戦後に出た第五詩集『人間の歌』にある「母の声」である。

母の声

母は四つの僕を残して世を去つた。
若く美しい母だつたさうです。

母よ、
僕は尋ねる、
耳の奥に残るあなたの声を、
あなたが世に在られた最後の日、
幼い僕を呼ばれたであらうその最後の声を。

三半規管よ、
耳の奥に住む巻貝よ、
母のいまはの、その声を返へせ。

わたしが父にかわいがられたことは、残された記念写真を通して伝わってくる。鎌倉、江ノ島、横浜、軽井沢での写真だが、父の肉声となるとゼロである。父はわたしが小学校一年のとき出征した。

本書はわたしの父の肉声探しだが、音源がないので、とにかく残された詩の中から聞き出す事になった。第一章では、父の詩の理解のために役立つであろう事項、例えば苦しかったであろう幼年時代、執筆にあたり世話になった人たちとの関係、編集作業への意欲、詩作態度など、断片的なエピソードを積み重ねた。第二章では第一から第四詩集、それと没後に堀口大學による父への追悼詩を巻頭に置き、未刊のまま残された遺作『独楽』を収録して刊行された全詩集形式の『高祖保詩集』の中から、父らしい作品を拾い出した。どの詩に父の肉声がひそんでいるか聞いてみた。

父は自分なりに詩の限界がどこまでひろがるものか、その可能性を一作ごとに追究している。初期の表現には知的でモダニズム風の傾向が強く、難解なものもある。しかし、年齢と共に詩は親しめる展開になっているので、理解しやすくなっているものの、いざ声を聞き出そうとすると、むずかしい。わたしの耳に残った作品は一つだけである。

第一章　詩人、高祖保の肖像

幼年時代の苦悩

父の生まれた高祖家は岡山県邑久郡牛窓町（現・瀬戸内市）でかつては魚問屋、回船業をいとなみ、大地主でもあった。父の父である高祖金次郎の時代はそれほどでもなかったが素封家ではあった。金次郎は五十三歳で離婚し、二人の男の子がいた。父の母親富士は滋賀県彦根町（現・彦根市）の骨董商の家に生まれ、彦根高等女学校を卒業して東京高等師範学校附属音楽学校（今の東京芸大のピアノ科）に入学、その後は音楽教師として各地をまわり、母校の助教諭にもなっていた。そしてなにを間違ったのか、離婚した金次郎の後妻に三十八歳で入り、翌年父が生まれた。父は三男ということとなった。先妻の間にできた長男とは大人と子供くらいの年齢差があったという。

ここに持ち上がったのが、金次郎の母、父の祖母と幼い父との間の確執である。

なぜ、どうしてと、わたしも知りたいのだが、それを証明するものはない。勝手に想像をふくらますだけである。

常識的に考えてみると、祖母からすると長男は高祖家の当主となるので、文句なく可愛いし大切な人物である。父が邪魔者に見えたのだろう。残るは財産問題だが、高祖家がかつてと比べ先細りしているところに余計な三男が現れたので、そこに居ることすら迷惑な存在だったのかもしれない。さもなければ、単なる嫁姑の問題があったのか。いずれにせよ、父はとばっちりを受けていたのだろう。

金次郎の死後半年、大正八年（一九一九年）母富士は分家というかたちで実家のある郷里の滋賀県彦根町外馬場町（通称桜馬場、現・京町）に父をつれて戻った。父は彦根尋常高等小学校二年に編入した。


父は彦根に移って四年、大正十二年（一九二三年）に彦根中学に入り、一年のときから校友会誌に季節の移り変わりをとらえたエッセイ、二年になると「九月の風」という題の詩、あるいは短歌、三年になると俳句などを活発に発表している。このころのテーマは自然、時の移り変わりによる事物の微妙な変化で、父は対象を深く静かにとらえている。父は、昭和二年（一九二七年）には百田宗治主宰の第一次「椎の木」に入り本格的に詩作の道を進むのだが、テーマの絞り方は、相変わらず、動物、植物、季節の変化である。

父は一般文芸誌にも投稿を試みていた。大正十四年（一九二五年）の「文章倶楽部」の詩部門に応募して選者の生田春月から独創的で前途有望との選評をもらっている。

執念のつかれ

小雨にぬれたかのやうに
ゆふぐれの黒ずんだ飛石がひかつてゐるのに
秋の陽跫はさむざむと引いていつたのだ
わたしのおもちやの象と
すひさしの煙草のからと
それをふくあるかないかの風――
なにか　こゝろのなかに　かうも
忘れはてたものがひそんではゐまいか

ほのかな白いかたちの
夢のやうな一本二本の　腰障子のまつげが

ふいふいと消しとんでいつて
はや　夜近いレイキのうちにも
ひんやりした肌なつかしい灰のやうなものをかんじるのだ……
もうけふはいつてしまうらしいに
うすら　うすら　と執ねんをおぼえて
季節めいたあかりのことを
頭のほとぼりに　かたどる

(とほくのひそまりで犬たちが啼いてゐる)
せはしげではあるやうだが——
もう永劫ののちまで動かないごとくこゝろをしつくり坐らせて
なぜか　かう　ぽつねんと
忘れはてたものが　目のさきにちらつきながらも
わたしはそのかたちをつかめないのだ

父はこのとき、十五歳。これを読んでも少年のものとは思えない。心の底にわだかまっているものを摑みたい。そのあせりがある。うがち過ぎかも知れないが祖母との確執ではないか。わたしの中にも執念がある。これがないと、わたしのかつての職業、新聞記者は特ダネが取れない。息子だから、こんな解釈をしてしまうのだろうか。

この執念深さはまだ続くのだ。彦根で出ている歌誌「香蘭」の昭和四年（一九二九年）の五月号にこのような短歌を発表している。このとき、父は十九歳。

この祖母は生きて久しき生きの間を吾にこそなべて辛く当らしき
祖母逝いて年ふりにけりそのかみの心のおぼえの事も吾になく
祖母と吾と生きて相容れぬ性なりし垂頰の祖母を吾は打ちしと云ふ

この執念は第二章の後半に出てくる父の詩にも見事に反映されている。父が結婚して子を持つ父親となったとき、その目がとらえた子供や家庭風景の詩にはとくに生かされている。この確執があったせいか、父がわが子をいとおしがる気持ちは特別で、それだからこそこうした詩が生まれたのであろう。

執念深さに関してもう少し付け加えたい。父の詩になぜか生まれ故郷の牛窓が出ていないことである。今の牛窓はすばらしい所で、海あり丘陵あり、自然豊かで気候もいいので、一度は住んでみたい所である。詩の題材が無いとはいえない。オリーブ園ありヨットハーバーあり、時代を感じたい人には古墳群もある。

父は死の直前になって楽曲「蜜柑の実」の作詞を手がけている。作曲は橋本国彦で、昭和十九年（一九四四年）十一月二十八日、東京中央放送局から放送された。

蜜柑の実

——吾子におくる

つぶら実の　蜜柑を剥《む》かうよ
蜜柑には　お部屋があるね
お部屋には　灯《あかり》がともり
肩組んで　みんななかよく
　　　　ならんでる。

蜜柑には　家族がゐるね
ふとつてる　父さまに似たの

子を抱いて　母さまに似たの
きやうだいで　みんななかよく
ならんでる。

蜜柑には　中心があるね
中心に　みんな向つて
中心に　あたまそろへて
輪になつて　みんななかよく
ならんでる。

蜜柑には　故郷《こきやう》があるね
みんなみの　海のふところ
段々の　みかんばたけの
みかんの樹　みんななかよく
ならんでる。

父はこの放送を聞くどころか、この約一か月後の昭和二十年（一九四五年）一月八日にビルマの野戦病院で病死したことになっている。歌詞の中に蜜柑が出てくるので、これが唯一、牛窓の風景に近いものと思われる。実際、父は牛窓に一度も戻ったことがないのだ。不思議な親子の関係（？）といえることが一つ。わたしも父と同じ八歳のとき東京・田園調布から昭和二十年春、香川県の山奥にいる親戚のもとに疎開した。戦後になり東京の自宅がＧＨＱに接収されたので、戻れず、神奈川県の大磯に住みついたままいまも生まれ故郷に帰らずにいる。東京に戻る気もないので、父と息子に共通した奇妙な一致の一コマといえそうだ。

ゆるぎない人間関係

　父を戦地へ送り出した翌年の昭和二十年の年明け早々、わが一家は疎開のための引っ越し準備にかかっていた。一番困りものの荷物は本、雑誌類で、母徳子は送られて来た雑誌から父の作品を切り抜く作業に追われていた。このスクラップに誌名と発行月の書き込みは省けない。この作業を終わる前に、ビルマに行った父は、すでに一月八日に戦病死していたのだが、当時のわが家にその知らせは届いていなかった。このときのスクラップが手元にあるのだが、その詩誌名の少ないことに驚かされる。父は校友会誌と雑誌懸賞などに詩を発表していたが、昭和二年から創刊間もない百田宗治主宰の第一次「椎の木」に入って本格的に詩を書き始め、昭和十一年（一九三六年）の第三次「椎の木」の廃刊まで続いた。

　母の作ったスクラップブックによると、父の関係した詩誌数は四十一、作品は詩を中心にエッセイ、評論を含めて百七十三篇である。父の執筆期間がほぼ戦時下ということもあって、この数字は信用出来ないものの、ただ寡作だったことは想像できる。

父の動きを把握しようと、外村彰教授がまとめた父のエッセイ集『庭柯のうぐひす――高祖保随筆集』（龜鳴屋、平成二十六年刊）を読んでも、そこにはタイトルが示すように自然の風物、軽井沢に静養した時のロッジ滞在記などが中心で、政治、経済、人事などを取り上げた文章は全く見当たらない。唯一気になるのは、高村光太郎（明治十六－昭和三十一年）、堀口大學（明治二十五－昭和五十六年）には、「先生」の文字がついている。別格の扱いとして浮かび上がっている。

父にとって重要で親しく信頼できた人物は誰だったかと考えると、母が父の詩の話をする時、姓でなく名前で呼んでいた人がいたことを思い出す。母が楽しそうに話す表情は忘れられない。数えるほど少ないのであげると、詩誌「月曜」の主宰、井上多喜三郎（明治三十五－昭和四十一年）を「タキさん」、詩誌「文芸汎論」の主宰、岩佐東一郎（明治三十八－昭和四十九年）を「トウイチローさん」、詩人田中冬二（明治二十七－昭和五十五年）を「フユジさん」、父の俳句の先生、八幡城太郎（大正元－昭和六十年）を「ジョータローさん」と呼んでいたのだ。スタートから父を育てるように、付き添って指導してくれていたはずの「椎の木」の主宰、百田宗治はどうかというと、二人の関係は昭和十一年まで長期にわたっているので、父にとっては「先生」と呼ばないまでも特別だったのだろう。

百田、井上、岩佐という三人の主宰者と親密でゆるぎない友情のような関係をどのように結ぶに至ったかについては、父はどこにも書き残していないので想像を寄り所とせざるを得ない。ただ、父の詩はこの三人との親密な関係がなかったら、成り立っていなかったと思われる。

高村光太郎の場合。父との年齢差二十七歳というと親子である。しかも詩の世界の大先輩で、人生経験だけでも父はその足元にも及ばない。明治の時代の海外経験はもとより、十八歳のとき短歌を「明星」に出し、ヨーロッパから帰国後には「スバル」に詩を書くなど、父には及びもつかない世界の人だったはずだ。作品としての『道程』はさることながら、わたしが好きだからいうわけではないが、『智恵子抄』にある「樹下の二人」「あどけない話」「レモン哀歌」などにうかがえる詩人の智恵子に寄り添う姿や彼の視線には胸が詰まる思いである。父もそうであったに違いない。

父は昭和四年、十九歳のとき個人として詩誌「門」を出したが、創刊号用に高村光太郎に詩の寄稿を依頼したところ、玉稿をもらえて感激し、しかもそれを一生の座右とした。これは母から直接聞いた話なので、父が高村光太郎を「先生」と呼ぶに十分な根拠となりうるが、詳しくは「編集者魂」の項にゆずる。

堀口大學の場合。なぜ父が「先生」と呼ぶのか、そのきっかけ、客観的な証拠は無いが、推測できる状況はある。滋賀県在住で詩誌「月曜」の主宰、井上多喜三郎が堀口大學の弟子で、彼は時々堀口の訳詩集を東京にいた父のところに送ってきていた。それが堀口大學の詩の魅力を感じるきっかけになったのだろう。また、高村光太郎の場合と同じように堀口大學も父と年齢差十八歳の先輩詩人で海外生活経験が豊かであったこと、それ以上に訳詩そのものの素晴らしさ、その言葉の選択、リズムなどが日本文学に与えた影響の大きさなどを目の前にした驚きもあろう。父が逆立をしてもどうにもならないのが、その詩の日本語の使い方、一語一語が絡み合ってリズムになるその魔術的な手際の良さ。わたしがそう感じているので、父もきっとそうに違いない。

一つ横道に逸れるが、付け加えたいことがある。因縁話めくが……。

戦後の昭和二十二年（一九四七年）、岩佐東一郎の手で未刊遺稿『独楽』を収録した全詩集『高祖保詩集』（岩谷書店）が出版されたが、その巻頭に堀口大學の追悼詩がある。

雪

高祖保よ　君をかなしむ

左様ならとも言はないで
ビルマに消えた『雪』の詩人よ
悲しい戦さの受難者よ

高祖保よ　君をしのぶよ
お行儀のよい来訪者
礼儀正しい通信者
待たれる人よ　待たれるたよりよ

僕の孤独の慰安者よ
追悼文の予定の筆者よ
この番狂はせは　むごくはないか
天へ昇つた天童よ！

ああ　呼ぶけれど答へぬ者
天へ帰つた詩の雪よ

高祖保よ　きこえるか
とぎれとぎれの僕の声が？

独楽

老いの鼓膜の幻聴は
せめて楽しい
天心に独楽が唸るよ
保が廻す天の独楽かよ
すやすやと　澄んで　眠るよ

紙鳶

東一郎よ　紙鳶をあげよう

天まで届く大紙鳶に
ギリシャ十字を黒々描いて
天童詩人の墓だと書いて
大風の日に　泣きながら
ビルマも日本も天は一つよ！

そら耳

紙鳶のうなりか　澄む独楽か
還らぬ友を悲しんで
東一郎が泣く声か

ねざめの夜半にきこえるは？

注『雪』、『ギリシャ十字』、『独楽』（未刊）はいづれも天童高祖保が詩集なり。また『紙鳶』はその友、岩佐東一郎が詩集なり。

この詩は堀口大學の第九詩集『夕の虹』（昭和三十二年刊）にのっていて、わたしが後年、読売新聞の記者としてインタビューしたときに、目の前でとどこおることなく口ずさんでくれた。わたしは、それほどに力を入れて書かれた詩であることに感謝の気持ちでいっぱいになったことを覚えている。

このとき、わたしは保の息子であることを告げると、「君のお父さんは礼儀正しい人だった」と一言。わたしは若造の父がすっかり緊張して堅くなっていたと思ったのだが、実は「礼儀正しい」には別の意味があったのだ。このことは、第二章で、堀口大學による父の詩集『雪』の批評の引用の中で明らかにしたい。

わたしの因縁話はここからである。

このインタビューの後「父君の思い出に」として、第九詩集『消えがての虹』（昭和五十三年刊）にある「以遠の旅」という詩篇の半折を頂戴した。この本の執筆動機となった「母の声」と同じ母を憶う詩篇である。

以遠の旅

命の果てのその先の
以遠の旅の行先は
北か南か地の底か
はたちの母のふところか

因縁話を締めくくってくれるのは、明治大学教授で詩人の飯島耕一だが、その前にひと言。わたしは読売新聞に入社した時、希望として外報部を第一とした。ところが、第三希望の文化部になった。担当として、まず直木賞系統の作家全員をカバーすることとなった。柴田錬三郎、池波正太郎、松本清張、吉村昭、城山三郎などなどである。そのうちに社内異動があり、俳句、短歌と担当が増え、最終的には詩まで担当となった。父がそうなることを願ったのだろうか。わたしは、ここに不思議な運命的なものを感じる。好きな詩人を機をとらえてインタビューできる立場になったのだ。

当時、気になる詩人として高橋新吉、天野忠、田村隆一などに会う機会を得た。たとえば高橋新吉に「るす」という啖呵を切ったようなリズムの詩篇がある。漢字の皿を二十二字重ねた「皿」という詩もある。詩人が「皿」を書いたとき、今の回転寿司はなかったはずである。

堀口大學をインタビューするきっかけになったのは、彼が八十歳を過ぎた頃、角川書店の短歌雑誌の聞き書き記事の中で「ようやく日本語がわかるようになった」と語っていたことだった。さっそくインタビューを申し込んだ。堀口大學は、「僕の日本語は旧制の中学程度だ。慶應の予科のとき佐藤春夫と一緒になり、会えば散歩しに行った。ただ与謝野鉄幹先生の万葉、和泉式部、晶子先生の源氏の授業は出ました。わたしは汎日本語なんて言ってますが、日本語である以上、万葉だろうが、古今だろうが、江戸のさむらい言葉だろうが、流れは一筋です。詩の言葉でも、使い方によって詩のリズムにはずみをつけたり、綾になったりして、詩の楽しさにつながってくる」と語っていた。

このインタビューから数年後、堀口大學がなくなった。そのとき、わたしは飯島耕一に堀口大學の追悼記事を頼むことに決めた。昭和五十六年（一九八一年）三月、四百字詰めの原稿用紙五枚の追悼だったが、内容はやはり軽妙で威力ある日本語を中心に、訳詩が昭和期の日本の詩や小説に大きな影響を与えた功績を強調したものだった。

父の追悼詩のお礼を息子のわたしが、このような形でお返しするとは、なんという巡り合わせであろうか。父とわたしの二代にわたって。

井上多喜三郎の場合。父は彦根中学校を卒業した翌年、昭和四年に詩誌「門」を創刊した。初年は隔月刊で六冊、翌年には終刊号、特別号の二冊を出した。この時、父は十九歳である。詳しくは、つぎの「編集者魂」の項にゆずるとして、この創刊号を同じ滋賀県に住む八歳上の先輩詩人で堀口大學の弟子であり、詩誌で美術誌も兼ねた「月曜」の主宰である井上多喜三郎に送ったことから二人の親交が始まっている。最初の四年間は時折手紙の交換をしていたが、昭和八年（一九三三年）から父の出征の十九年までその頻度が増し、計百三十九通になっている。外村彰教授は『高祖保書簡集――井上多喜三郎宛』にまとめているが、すでに述べたように、父は政治、経済、町の話題などに全く触れず、もっぱら自然、時の移り変わりなどに集中しているために、自分の性格、身辺雑記の情報はゼロに近いのである。しかし、この書簡集を読むと、父は自己紹介を兼ねて自分の身長、体重、性癖まで打ち明けている。書簡内容の中心は井上多喜三郎に詩誌「椎の木」や「文芸汎論」に執筆して東京に関心を向けるようにすすめたり、井上の趣味である郷土玩具をしばしば贈られてきていることへのお礼だったり、原稿依頼、受け渡しの打ち合わせなどに始終している。

父は井上のどこが気に入ったのかわからないが、詩誌「月曜」には主宰のパッションが出ていると、編集方針をほめ上げ、郷土の雑誌としての価値を高く評価している。

初期の手紙には父は自分をこう紹介している。「前途洋々どころか、今の自分には前途見え透いて甚だ心細い次第です。むやみに腹をたてることもいたしませんし嘘云ふ人も真面目な人も特にすききらひは持つていません。唯なんとなく心喚されるような親しみをもつてくれる人が好きです。従つて友人は多く有りますが、特にふかく交つている人は殆どありません。これは寂しいことです」そして最後に「兄は古くから詩筆を採つてゐられるようですが、わたしはまだ五、六年にしかなりません」と付け加えて丁重である。

この内容から、わたしは人と余り深く付き合おうとしない父の消極的な面を見た気持ちである。父の作品の掲載誌のスクラップブックから見てとれた「寡作」の理由がわかるような気がする。しかも、これが高じれば、強い人見知り、人間嫌いで、孤独癖ということにもなりかねない。

父の性格の別の面が、昭和十年の井上宛の手紙にみえる。人間関係の形成に関わるので、あえて引用しておく。

「――あくせくしてゐるお先きつぱりの詩人を哀れに思ふ。こんな風景を見てゐると自分は一個の詩に半生をささげたアマチュアであつてよい、自然の中から自分の姿を取り出している自由な、制約を受けることのないディレッタントであつてよい――かうした考へが浮んで参ります」。

ここまで父に自分をさらけ出させた井上多喜三郎のフトコロの深さは見事で、二人の人間関係は盤石、父の出征の日まで続いた。

岩佐東一郎の場合。これは母から直接聞いた話でもあるが、思潮社版の現代詩文庫『高祖保詩集』の巻末に岩佐東一郎の「高祖保を憶ふ」というエッセイがある。その中で、「わたしの詩集『紙鳶』と彼の『独楽』を同時に出版するつもりで校正まで進んでいたのに、彼の詩人的潔癖から五校六校を取り、しかも虫眼鏡で痛んだ活字を見つけてはとりかえさせている。校了になろうというとき突如召集で、ついに刊行を前に解版してしまった……」というエピソードを書いているほど、二人は仲が良かった。さらに付け加えると、この時の詩集の判型は、父の第三詩集『雪』と同じ横長で、横とじのものを予定していたという。父の死後、昭和二十二年に出た『高祖保詩集』は全詩集の形をとり、巻頭に堀口大學による父の追悼詩が置かれているが、この編集は全て岩佐東一郎の手になるものである。二人の友情は堅く、父の最後の一篇と思われる詩「征旅」も岩佐東一郎の手をわずらわせていたと推測される。このことは、本書の終わりのところで明らかにする。

岩佐は堀口大學の「オルフェオン」に参加して詩作の骨法を学んだようでもあるが、彼の功績は詩誌「文芸汎論」を発行しながら若い詩人の発掘を目指して文芸汎論詩集賞を立ち上げていることだ。選者に堀口大學がいて、受賞者には伊東静雄、北川冬彦、村野四郎、北園克衛、高祖保などの名前がある。

百田宗治（明治二十六－昭和三十年）の場合。母が父の話をするとき、しばしば出てきた名前は、さきに書いたように「タキさん」（井上多喜三郎）「トウイチローさん」（岩佐東一郎）だったが「ソウジさん」（百田宗治）という名は聞かなかった。父にとって百田宗治は「先生」と呼ばないが、それに近い特別な人だったようだ。

父は百田宗治が詩誌「椎の木」を始めた大正十五年（一九二六年）以前から一人の中学生として自作を送っていたらしい。昭和二年はまだ中学生だったが、正式に同誌に参加した。父はその年に詩誌「赤い処女地」に次のような詩を載せている。

静かなる孤独
——百田宗治氏に

とほい湖心に

てんてんと、手巾まがひに散りぼひ浮かぶ帆船のむれ
ぐるり近辺では
寥しく間延びのした、ひしがれた磯馴松数本の鈍調台詞が流れるばかり
しかし灰だみた冬雲のあひだを割つて
ときに飴いろの空がちららと隠見する。
この二月の明快な光線の副射に
今日、くねりつゞく遙かな松並木を
ひとりの己が訪ねてくる

磯にちかい陸橋の欄干は
青ざめた溜り水にその影をしづめ
影は寂ねんとひそまり返つて音ひとつしない
このものさびしさ静けさ

いまはしみじみ、われとわが心をつかむで
のびやかに生活の競争場裡から脱却し

ひとり、肉身の賦をおもうかぎり取りひろげる己である

松林には白い風がとほり
松林には吹くともなしに風が吹く
すらりと打ちすぎた二月雨の雨脚のひらめき
葭のしげみから水鶏が浮んではかくれ
渚潮騒に儚い波がしらは砕かれる

はるかに陸橋を越えた処
神龕の如く静かな二月の砂丘をみる、
そこにはやつぱり砂のやうに冷たい孤独があるか、
白髪細杖の老人と、悲しいへのへのもへのを描く子がゐるか、
(わが念願はひとりかの沖の鷗に飛び
わが孤独は、ひとり静かなる二月の砂丘に埋れる)

おもひは遠い、己は歩りく

ひとり砂丘を、己は歩りくのだ
か丶るとき、たまたま
この簡素な磯のかほりに
さびしい松林のなか、干しならべた魚網に
己は心はるかに、遠くわが故郷の絵図をくりひろげる

父のまわりはいつも年長者ばかりだが、百田宗治とは十七歳の差がある。父親ほどではないにせよ、中学生の新参者にとっては、百田宗治はすべてにおいてプレッシャーになりかねない。主宰にこのような詩を送る心境はどれほどのものだろうか。

百田宗治といえば、この年齢差だけでなく、詩の世界でのキャリアも長い。個人誌を出したり、雑誌「民衆」を離れたあと上京し、「日本詩人」の編集にもたずさわり、かなり行動的な人物である。詩風の変化もみせて、『何もない庭』『偶成詩集』（ともに昭和二年刊）では俳句的な面も見せている。

第三次「椎の木」の終わりごろに当たる昭和十一年に父が「日本詩壇」から百田宗治について文章を頼まれたとき、父は百田の『詩作法』（昭和九年刊）の中から、彼の持論である「詩

を愛するものは詩人ではない。詩を発展させるもののみ詩人である」を取りあげている。父自身が、詩の表現がより良い詩のためにどこまで可能なものか、一作ごとに考え続けているので、百田のこの主張を自然に受け入れたのは当然のことである。

また、父が第一詩集『希臘十字』（昭和八年刊）を出したところ、百田宗治による造本が好評だった。百田はそのとき「詩人の免状を取りあげられて出版屋の鑑札が天から降りて来そうな気がする。自分では原稿用紙に書く代りに本に詩を書いているつもり」と感想をもらしている。父は自分の詩集の装幀に人一倍神経をとがらせていたが、これは百田宗治ゆずりかも知れない。

詩の傾向については、百田は昭和七年（一九三二年）の第三次「椎の木」発刊のころからモダニズムの傾向も容認していて、父もその流れにのっていた。父が七年、八年に書いた作品は『希臘十字』に収録されていて、当然モダニズム色が強い。

ここまで書いてきて、わたし自身も迷っていることがある。父の詩に長短があるのは当然のこととして、そこでのことばも型も一作ごとに工夫、変化させている。詩に定型がないだけに、詩の無限の可能性を広げようと挑戦していたようだ。

これは父が生まれつき持っていた挑戦的な性格のあらわれなのか、それとも詩歴豊かで行動力のある主宰、百田宗治の持論に同調して詩作を続けていたのか、わからないのだ。父は百田のもとを離れた昭和十一年以降も新しい詩に挑戦し続けている。

父は、いずれにしろ、以上の三人のすばらしい主宰者とのゆるぎない人間関係の中で守られるように詩作を続けてきたのだ。

父はエッセイの中で、人間関係にふれていないので、実際にはどのような人間関係の中で詩作が続いたのかの判断材料に乏しい。ある程度確かなところは、各詩集ごとの初出誌の頻度を比較することによって主宰者との関係の親密さ、作風の微妙な変化などをフォローし、一つの傾向はつかめるだろう。

第一詩集『希臘十字』収録詩十六篇、昭和八年、椎の木社刊
「椎の木」　十二篇
「文芸汎論」　一篇
「門」（高祖保編集）　二篇
その他　一篇
第二詩集『禽のゐる五分間写生』収録詩五篇、昭和十六年、月曜発行所刊
「文芸汎論」　三篇
「月曜」　二篇

第三詩集『雪』収録詩数三十四篇、昭和十七年、文芸汎論社刊
「文芸汎論」　十篇
「月曜」　九篇
「苑」（「椎の木」姉妹誌）　三篇
「句帖」　二篇
「日本詩壇」　二篇
その他　八篇
第四詩集『夜のひきあけ』　三十篇、昭和十九年、青木書店刊
「短歌詩人」　五篇
「国民詩」　三篇
「三田文学」　三篇
「文芸汎論」「芝火」「月刊文章」
「若い人」「若草」　各二篇
「神の国」「文芸」「むらさき」「農政」
「経済ニッポン」　各一篇
初出不明　四篇

これで推測できると思うが、父の詩の発表土台になっているのは、第一詩集は百田宗治、第二詩集は岩佐東一郎、井上多喜三郎、第三詩集は岩佐東一郎、井上多喜三郎という三人の詩人であり主宰者との強い人間関係があってのものといえる。しかも、前の三詩集は少部数の自費出版である。第四詩集のみ、二千部を刷る商業出版だが、戦争の影響が強く、初出誌はまちまちになり、世のあわただしさを反映した形になっている。ちなみに、戦後の昭和二十二年に出た追悼を兼ねた全詩集には、父の未刊詩集『独楽』が収録されているが、その『独楽』の初出誌をみると、二十四篇中、十篇が「文芸汎論」で、ここにも岩佐東一郎との濃いつながりが読みとれる。

父が詩の世界に入った昭和二年以降の時代の詩誌をみると、代表的なところで「詩と詩論」が昭和三年（一九二八年）、「四季」が昭和八年にそうそうたるメンバーが集まって創刊されている。もし父が、右顧左眄の人であったとすれば、この二誌に心を動かして、いまの詩人高祖保はなかったのではなかろうか。三人の主宰との絆は堅かったのだ。

編集者魂

父は中学卒業のとき、校内で校長排斥運動が起こり進学できなかったらしいのだが、そこでできた時間を持て余したかどうか、なにを思ったのか、個人で詩誌「門」の発行を始めた。昭和四年のことで、父は十九歳。合本のコピー（原本は彦根市立図書館へ寄贈）を目の前にして、よくぞやったと思うのだが、金銭の面はどう処理したのか知りたい。

昭和四年一月から隔月刊で六冊、五年二月に終刊号、同十二月に第八集のスペシャル・エディションの二冊を発行している。

各号とも約四十頁前後、当然のことながら詩が中心になっているが、寄稿が少なく、父が十ページ以上の詩を書いてページ数を調整しているときがあり、苦労のほどがうかがえる。他の詩誌とのエール交換のような紹介記事は、現在の詩、短歌、俳句雑誌と変わらないのはおもしろいところである。各号とも一冊二十銭。発行元は父の彦根の住所になっている。

しかし、不思議なことに創刊号に主宰者の抱負や意気込み、雑誌の目的など一行もないどころか、編集後記にもそれらしい文章はない。その代わり、次の長い詩がある。創刊の意気込みか。

光明《ひかり》を希ふ詩

人生　まさに
自分は迷路の奥に疲れてゐる
右は絶壁　左は断崖
細《ささ》やかにその間を辿る　呆虚なる一点
自分はそこを歩き　そこを行く
前すれば暗黒　後すれば失意
この昏々たる世界に無量の重荷が私をひしぐ

戸一枚の外界《そと》を通りすぎてゆく
あたらしい世紀と創造と

耀々たる太陽の外輪を　私は見る
私はそれを覗ひ　それらを考へながら
寄生蟹のやうに戸を閉《し》めよせて蹲り
野鼠《やそ》の鈍重さで　黙々と日々の行程を辿つてゆく
あゝ田舎の溝に侘しく集落する豆鮹よ
外界に対する自分の存在は
お前がもつすらの関連《かゝはり》さへ有たないのだ
たゞ二月のそらに出る星座のやうに
都会の上をさむざむと馳ける雲母ぐものやうに
暗愁の夢のみを孕む　蒼白い生活《くらし》が
涯もなく私の「昨日」と「今日」とを埋めつくし
また「明日」の世界の私をも領しやうとする

昨日の田舎と　今日の寓居よ
思ひ返すべき幾年の月日をめぐつて
無言のはげしい桎梏の雨の洗礼を

血飛沫《しぶき》のやうに鋭い嵐の刹到を浴びながら
私はそこにひとり　煙のやうに
自分の姿を遺して去つてゆく周囲を
周囲《まはり》四方の索漠たる移動　そして転廻を見た
それらの目まぐるしい舞台を背景に
外界と隔離《はな》された自分の心臓のうへ
間断《たえま》なく降り積むだ　灰いろの塵芥《ちり》を払ひのけ
わが生活の狭い視野に散らかる
過重な「昨日」の日の夢のかずかずをば
今は　空虚《うつろ》な侘しさの中にひろげて　私は苦笑する

この心に堪えられぬ熱鉄を投げかけるもの
この鬱した気分の底ふかく　流れて突き進むもの
それらは日ごと　真黒な線を曳いて
とほい過去の一画から
恐らく未来遙かに尾を消してゆく

矢のやうな宙道の却火にも似た　無数の重荷の唸りだ

だが人々よ
自分が覗ひつゝ手さぐるのは何だらう
揺ぎない命道の空虚さの
——その中に一線横に引かれた手荒か
いや　たゞ空白な生活記録の一頁ばかり
いや〳〵　それらは凡て私の所有《もの》ではない
私は失明《めしひ》せる人生の裏姿をみつめて
雲のやうな呼吸《いき》を　反芻し、咀嚼すれば足りる人間だ
（たゞ生活の影に　人生の裏に
　いつも私は真個《ほんと》の私を発見《み》る故）

しかし　ふり返つて思へば
これぞ折角の人生ではある
自分はいつまでも頑固《かたくな》に失意にのみゐたくはない

ひかりよ
ひかりよ
わが上に　しばしはわが上に来れ！

どのようなジャンルの雑誌でも、雑誌である以上、そこには大家の作品がなければならない。もし二流の筆者が登場すれば、それ以降の寄稿者は自然のこととして二流以下が集まり、雑誌の威厳はそこなわれる。

この点で、「門」のスタートに高村光太郎の詩を掲載できたのは大成功である。会ったこともない、自分の詩集もない彦根の少年である父が高村光太郎にどのような寄稿の依頼状を出したのか、その内容が知りたいところだ。父の字は習字の手本のような几帳面なきれいな字なので、保少年の心意気を感じてくれたのかもしれない。父は次号からの寄稿には、この創刊号を同封して執筆依頼を続けたのだろう。黄門さまの印籠のように。父の編集者魂を見る思いでもある。

これは母から聞いた話だが、父はこのとき受け取った詩に感激して、自分の詩作の座右の銘にしたという。そして、高村光太郎を師と仰ぐようになったきっかけも、この詩からではなかろうか。その詩はつぎのようなもので、創刊号の巻頭を飾っている。

その詩　　高村光太郎

その詩をよむと詩が書きたくなる。
その詩をよむとダイナモが唸り出す。
その詩は結局その詩の通りだ。
その詩は高度の原《ゲン》の無限の変化だ。
その詩は雑然と並んでゐる。
その詩は矛盾撞着支離滅裂でもある。
その詩は奥の動きに貫かれてゐる。
その詩は清算以前の展開である。
その詩は気まぐれ無しの必至である。
その詩は生理的の機構を持つ。
その詩は滃然と空間に押し流れる。
その詩は転落し天上し壊滅し又蘇る。
その詩は姿を破り姿を孕む。

その詩は電子の反撥親和だ。
その詩は眼前咫尺に生きる。
その詩は手きびしいが妙に親しい。
その詩は不思議に手に取れさうだ。
その詩は気がつくと歩道の石甃にも書いてある。

高村光太郎の詩により、目出たく出航できた「門」だが、父はその感激を二号目の「門」にかなり長い「高村光太郎氏に献ず」という詩に書いた。参考までに収録する。

初冬の林

高村光太郎氏に献ず

A

雪解《ゆきげ》の涓滴《しづく》にてんてんと豆太鼓を敲かせ
私の家敷をめぐらせて初冬がくる
その一滴ごとに　太陽は丹念に鍍金《めつき》を施してをり

近傍の雑木林では
毎日ふゆ仕度の薪料に斧を入れる樵夫《きこり》がゐる
なにか怡《たの》しげな木挽きの音が涓滴の響と交叉して
微妙な諧調を織りながら
爽やかな目ざめの　私と小鳥たちを呼ぶ

初冬と云えば　思ひ出すものは何と何であつたか
葉を落して明るく透《す》いた雑木林の中で
郊外生活者の寝ざめの耳を驚ろかす百舌鳥か
樹々を縫つて神秘な音《ね》いろで
午前の霊妙な空気をふるはす鶺鴒か、鶫か
氷雨にぬれてぴち〳〵とさやぐ若竹の藪むらか
天門はるかに炬火《ひ》をたいて　魔術をかけて
瀏々と一気に純白化して
凩を伴つてくる吹雪の驀らな突喊か
午后五時からキッパリと

一切の『有』と『無』を包んで夜の色で塗りつぶす跫早《あしばや》な落目か
千萬の崇高さから発《ひら》いた冬姿の山々
巨大な『動』と『静』との生きもの、湖か
うむ　さうだ　あれか
——初冬の存在は
内部《うち》の世界に働き分ける凄鋭な感情の息吹き
しづかに黙して
荘重な行進を続ける風雪のプログラム…
私は窓をあけて口笛を吹きながら
遙かに初冬を知る
（後略）

B

純粋理性のテムポの速かさと、『システムの自由』なる双眸を耀かし
洗ひざらしの盲目なる傲放さをもつて
いま　天空のま下、郊外雑木林の落葉の上

——四方十字を切つて私は立つ

君は見たか　友よ
初冬が頑丈な糸切歯の尖端《とがり》をかけて、
模様と色彩の上衣を着た
凡らゆる地上の虚色と仮面《ルウ》を　嚙みくだくのを
一瞬　そこに人間的な懐疑《うたがい》と誤謬《ひがごと》と弛懈《つかれ》とを蹴ちらし、
光り渦巻いて神のごとく初冬の魂のかゞやくのを、
あゝ、
百二十坪の雑木林に充ちる天日の荒さ　清らかさ
落葉の林に立つ私に　滲透し拡充してひろがるオゾンの気
それらの上に揺れなびく小鳥の声
（この豊饒なる麻酔よ！）
滾々と湧いて迸りあふれる、
生きた『泉の母胎』に涵るやうに、
私は天然の素中にふんだんにわが魂をうるほす

金色の諸天は微笑に燃えて私の坐に降《くだ》り
はやさ　稲妻のごとくに、
搖蕩《たゆたひ》して天翔りつやめく天地の肌━霊気
そこに飛来する『光つた私の人生』

C

（さら〳〵サラ…サラ…さらと　落葉、
陽だまりの微風が心の底に落葉をおろす音、布く音）
さて
この雑木落葉の上から二歩　三歩
再び身を起こしてそこに私は何を思ひ描くか
━━おうパノラマのやうに生活に散見《ちら》つくもの
私の内なる初冬と　外の初冬よ
この季節に冴える自然の姿と　私の内部に発酵する
清新なるもう一つの『私』よ

尊敬すべき私の鞭撻者こそ　審美の饗宴者こそ
わが郊外の初冬ではないか。

譬へば雑木林の『豊饒な麻酔』こそ
しかく天より下された珍重な贈りものではないか

贅沢に膳立されたこれらの風物の上
ひろびろと懸《か》るあの青天井こそ
ことに薫味の　結構な瑠璃盤ではないか

ふとわれに返れば　午后四時の
涯なく晴れた小春日和の灌木林のうへに
雑木落葉の上に
かうして長い〳〵陰影を曳いて佇む私です…。

高村光太郎の影響は「門」二号から八号の中の執筆メンバーにはっきり出ていて、それなりの出版効果があったはずである。参考までに二号目からの寄稿詩人と詩の題名を列記しておく。

二号	百田宗治	詩とは（エッセイ）
三号	村野四郎編訳	老齢
四号	白鳥省吾	四辻
	春山行夫	台湾
五号	百田宗治	家族
	佐藤清	たのしみの後
	安西冬衛	藁
六号	安西冬衛	秋離
終刊号	野口米次郎	自己を語る（エッセイ）
	佐藤清	制裁
	尾形亀之介	標
	岡崎清一郎	山にて
特別号	高村光太郎	詩そのもの（エッセイ）
	岡崎清一郎	杜朱日記

なお、寄稿詩の二篇をここに書き写す。

四辻　白鳥省吾

アスファルトの上を
自動車がつづく　そのヘッドライトの連なり
よぎる電車と待つ間の停滞、そのいらいらしさ
都市の街路はいつも焦燥してゐる。
そして私はこの刹那にこそ
過ぎゆく人生の
自分の生命の
翼の飛行を感ずる。

たのしみの後　佐藤清

たのしみの後《のち》、
うらの三角山にひとりのぼった。
南風が市中のほこりを吹き集めて、
ワセダ　目白の森の上の空に
黄いろく厚い幕を張つた。
たのしみを空にまで持つて行つて
黄いろく空いちめんに広げたやう、
風も、ほこりもいいにほひだつた。
吹きしをれる若葉の音も、兵隊のワイセツな歌もききよかった。
犬の狂ふのも、馬が立ち上るのも気持よかつた。
だが、
千里の旅の果てに、
家もなく、黄いろいほこりをあびてゐると、
心がざらざらと鑢《やすり》のやうにほこりで鳴つた。

寄稿した詩人たちは当然のことだが、父より十歳から三十歳以上、年齢が上の人ばかり。現在からさかのぼること九十数年前に書かれた詩である。寄稿詩人のひとり佐藤清は、私が青山学院大の学部のときの有名教授で、イギリスの十八世紀ロマン派詩人ジョン・キーツの詩を読む講義を一年間受けたが、小さな声でゆっくり話す人気授業でもあった。

それにしても、ここに登場した詩人全員、令和のいまも、その名は輝いており、寄稿願いをするときの人選ひとつとっても、父が「門」の発刊にかけた情熱、エネルギーがどれほどのものであったかが手にとるように伝わってくる。「門」は一年余りの短期間であったが、雑誌としては詩の底辺をひろげるのに成功したものと考えられる。

高村光太郎は「門」の全体をしめくくるように、最後の特別号にも、「詩そのもの」というエッセイを寄せている。

その中で、「――真の詩人は、いかなる素朴、いかなる思想をもおそれない。詩が生命そのもの、如き不可見であり遍在である事を知るからである」とある。

父は当然これを巻頭に置いているが、高村光太郎の配慮には、父親が最愛の息子に対するようなやさしさがある。

高村光太郎と父との関係は、詩集や著作の交換などを通じて、この後も続いたと想像される。父は「門」から十四年後の昭和十八年（一九四三年）に高村光太郎の『をぢさんの詩』の編集作業を引き受けている。父は自分の詩集を出すときも活字の大きさ、配列、行分けなど編集作業には細かい神経をさらに細かくして当たっていたふしがある。あたかも熟練の編集者がチェックを入れるような細かさである。装幀については色、図版、紙質など、これまた人一倍の念の入れ方をした形跡が、詩集からうかがえるのだ。

高村光太郎は自分の『をぢさんの詩』の著者略歴に彫刻家、詩人と書くように、本づくりでも美術家としての細かい目くばりをしていたはずである。その点、父から第一詩集『希臘十字』、第二詩集『禽のゐる五分間写生』、第三詩集『雪』を寄贈されたとき、父の造本感覚、凝りにこった装幀などに気づかないはずはないと想像できる。結果として父に『をぢさんの詩』の編集をするように頼んだのではなかろうか。しかも、前年の昭和十七年（一九四二年）六月に日本文学報国会ができ、その詩部会の部長に高村光太郎が推されたので、忙しさもあったために、やむを得ず父に編集を頼んだのかも知れない。

ところで『をぢさんの詩』の内容だが、青少年向けの「戦争詩」を集めたものである。その序に「この詩集は年わかき人々への小父さんからのおくりものである。（中略）年とつた小父さんのいふことを、囲炉裏端ででもきくつもりで読んでください。……」とある。

全部で四十七篇の詩が収録されているが、二番目の詩につぎのような「軍艦旗」がある。

軍艦旗

ぼく知つてるよ　軍艦旗
御光のさしてる　日の丸だ
御光のかずが　十六本
ほんとにきれいな　軍艦旗

ぼく知つてるよ　軍艦旗
艦尾旗竿に　ひらひらと
大きくつよく　たのもしく
ほんとにりんたる　軍艦旗

ぼく知つてるよ　軍艦旗
日の出日の入り　おごそかに

全員そろつて　揚げおろす
ほんとにたふとい　軍艦旗

ぼく知つてるよ　軍艦旗
いざ戦ひと　いふ時は
大檣上に　空たかく
さんぜんかがやく　戦闘旗

このほか、詩集には山本五十六大将の戦死をよんだ「提督戦死」もあるが、「与謝野夫人晶子先生を弔ふ」「新緑の頃」「蟬を彫る」なども収められている。

蟬を彫る

冬日さす南の窓に坐して蟬を彫る。
乾いて枯れて手に軽いみんみん蟬は
およそ生きの身のいやしさを絶ち、

物をくふ口すらその所在を知らない。
蟬は天平机の一角に這ふ。
わたくしは羽を見る。
もろく薄く透明な天のかけら、
この虫類の持つ霊気の翼は
ゆるやかになだれて迫らず、
黒と緑に装ふ甲冑をほのかに包む。
わたくしの刻む檜の肌から
木の香たかく立つて部屋に満ちる。
時処をわすれ時代をわすれ
人をわすれ呼吸をわすれる。
この四畳半と呼びなす仕事場が
天の何処かに浮いてるやうだ。

わが一家が、戦後昭和二十三年（一九四八年）疎開先から神奈川県大磯に戻ったとき、どこかに預けていた父の蔵書を手にしたことがある。ベランダに背丈ほどの本棚があり、そこには日本文学全集、漢文の本、分厚い関根秀雄訳『モンテーニュ随想録』があったが、高村光太郎の著書で記憶にあざやかなものもある。『道程』『智恵子抄』はもちろんのこと『美について』『造形美論』『某月某日』『ロダンの言葉』など、全て函入りだった。ところが、この『をぢさんの詩』は本棚になかった。

一年ほど前だが、父の生まれ故郷、旧邑久郡に住む郷土史研究家で高祖保の顕彰に熱心な人から「ネットで見つけた」と、高村光太郎の直筆で『をぢさんの詩』の本の扉に謝辞があるものが送られてきた。

「此の詩集の成る、まつたくあなたのおかげでありまして　印刷の字配り、行わけ、の比例から校正装丁などの御面倒まで見てくださつた事世にもありがたくここに甚深の謝意を表します。
昭和十八年十一月　高村小父　高祖保雅友硯北」

父は詩集だけでなく俳人、八幡城太郎の句集も手がけている。その句集づくりについて書く前に、父が俳句とどう向き合っていたかにふれたい。父のエッセイ集『庭柯のうぐひす』から。

わたしは、いつ頃からか、年齢による文学のジャンルの分類をこころみておいた。曰く。
二十代には詩をつくる。情熱のはけ口。三十代には歌をつくる。分別の一形態。四十代以後では句をつくる。枯淡への開門。

それをわたし自身。十代で詩をつくり、二十代で歌をこころみ。三十代にある現在、いささか句の世界に関心を持ちはじめている。じぶんの分類に十年づつ先回りをしたかたちになった。早熟といふものであらうか。

父は三十四歳で戦病死しているので、この分類を予期していたのだろうか。とすれば、すごい予知能力である。

父の俳句は、本の形になって残っていないが、中学時代の校友会誌で早くも作り、初出誌として第一次「椎の木」の昭和二年にも作っていた。これといった指導者がいた様子がないので自己流で作っていたのだろう。

高村光太郎、堀口大學の場合も父が、いつ、どのようなきっかけで出会ったかはどこにも書かれていなかった。父が俳句の師匠として親しんでいた俳人八幡城太郎の場合も同様で想像するより仕方がない。

その想像の根拠の一つは、昭和十七年六月の俳誌「芝火」に堀口大學が書いた父の第三詩集『雪』の批評（第二章参照）が突然出たからだ。その裏に編集者八幡城太郎の影がみえるのだ。

二人が出会ったのは、この一、二年前ごろだろうが、なぜかウマが合った、それとも初めての俳人だったからなのだろうか。八幡は当時は「芝火」の編集をしていたが、戦後の昭和二十八年（一九五三年）、俳誌「青芝」を立ちあげ、父の追悼号を作ってくれた人でもある。東京都町田市にある青柳寺の住職で、境内には田中冬二の詩碑もある。

八幡城太郎と父はよく一緒に旅行をしたようで、昭和十六年（一九四一年）には、父の静養も兼ねて静岡県沼津市の静浦保養館へ出かけ、合作の句「静浦百句」を作っている。また、その翌年の九月には長野県の諏訪にいた田中冬二を訪れ、松原湖、小諸、軽井沢とまわり、その成果を一冊だけの毛筆の日記風詩集『信濃游草』にして、滋賀県にいる詩誌「月曜」の主宰、井上多喜三郎に贈っている。

これ以来、父は俳句の師匠として八幡城太郎に対応したらしいが、父が編集、造本、それに金銭面まですべて面倒を見た句集『相模野抄』がある。いま手元にある句集は復刻版で八幡のサイン入りになっている。

ところで、この原本は昭和十八年の戦況があやしくなっているころに作られ、掌にようやく入る判型でボール紙の表紙である。題字が田中冬二、装幀高祖保となっているが、驚くのは、その組み方である。当時流行していたのだろうか、一ページに一句が二行あるいは三行分けになっている。

戦後の俳人で、飯田龍太、森澄雄らの次の世代の代表的な俳人上田五千石が生前、なにかの折にわたしに俳句はいっきに読める一行書きでなければだめ、リズムの問題でもあると力説していたのを思い出した。数年前、ある小説の受賞作を買おうと書店の店頭で本を開いたところ、横組だった。わたしはその場で買うのをやめてしまった。小説ですら、組み方が横では読む気にならない。

詩の限界はどこまで広がるか

父にとって詩はことばの使い方によりどこまでも広がっていくものらしい。詩の効果を一篇一篇の中で試していたようだ。簡単なところでは行分け、字の大小、句読点の使い方など視覚的な変化によって意味に広がりを持たせ、詩自体の効果的な訴える力が発揮されると考えていたようでもある。父は寡作だが、類似の詩篇はほとんど無い。父は詩はどこまで変われるものか、試行錯誤していたようだ。

『日本現代詩辞典』（桜楓社）に父の略歴が次のように記されている。

高祖保、詩人（明治四十三年－昭和二十年）。岡山県生まれ、牛窓町で育ち、父金次郎の死後、分家して母の滋賀県彦根町の実家に移る。昭和十一年國學院高等師範部卒。百田宗治主宰の「椎の木」同人となる。処女詩集『希臘十字』（昭八・八　椎の木社）。『禽のゐる五分間写生』（昭十六・七　月曜発行所）や『雪』（昭十七・五　文芸汎論社）などの詩集を刊行。『雪』により文芸汎論詩集賞を受ける。作風は静的で高踏的な抒情詩である。（後略）

作風は……の部分は的をはずれてはいないが、父はわたし同様、仕事の上で前回と全く同じことはやりたくない性分らしく、作品ごとにプラス・アルファーの工夫をこらしている。以下、工夫の一部を紹介しよう。

エピグラフの効果

エピグラフというと、わたしはイギリスのノーベル文学賞受賞詩人で、モダニズムというと第一に名があがるT・S・エリオットをあげたい。文化的にも宗教的にも内容のむずかしい詩を書く詩人だ。『荒地』『聖灰水曜日』『四つの四重奏』など重い詩集ばかりだが、わたしが当時最も共感できた詩として「空ろな人間たち」という詩がある。これにはこんなエピグラフがついている。「クルツのだんな――あの人、死んじまった」である。（岩崎宗治訳『四つの四重奏』、岩波文庫）

青山学院大学の学部のとき、イギリスの作家ジョセフ・コンラッドの小説『闇の奥』を読んでいたので、このエピグラフが詩「空ろな人間たち」の第一節の内容を一言でうまくとらえていると感心した覚えがある。

クルツは、『闇の奥』の主人公である。象牙商人としてアフリカのコンゴ河をさかのぼり奥地の人間に尊敬されながらも象牙を搾取して成功する。しかし、彼の心は奥地の異様な環境にさいなまれ、魂は堕落して死んでしまう。クルツは小説の中で現代文明のシンボルとしても描かれているのだが、クルツの死は、文明の荒廃そのものでもある。あとに残された人間は空ろなのだ。

父がじぶんの詩にエピグラフを使ったのは、第一詩集に三つあるが、意味が難解なので、第三詩集『雪』からわかり易い例を引きたい。

哀訴

旅館寒燈独不眠　高適

天の河を斜《はす》に抱いて
旅館の門燈のあたりだけ
淡く　仄《ほんの》り闌《た》けてゐるやうだ。

（いつたい、どこへ宿れといふのだらう?）

わたしはその下に彳んで
せつせと書き綴る、
——あんのんな夜分《やぶん》のふしどだけは
どうにか　神さま!
お与へください　といふ尺牘《てがみ》を。…

このエピグラフは盛唐時代の杜甫と仲のよい詩人、高適の「除夜の作」という七言絶句からだ。

旅館寒燈獨不眠
客心何事轉悽然
故郷今夜思千里
霜鬢明朝又一年

『中国名詩選（中）』（川合康三編訳、岩波文庫）にある訳を写す。旅籠の寒々として灯、独り眠れず夜が更ける。旅人の胸中はなぜかいよいよ傷ましい。遠いふるさと、除夜の今宵、千里に思いを馳せ、白髪の齢、明朝また一つ年をとる。

父のエピグラフはわかりにくいものが多いが、この「哀訴」の場合は非常にわかり易く、二つの作品が呼応している。

詩と長歌の間に

父は自分のエッセイの中で若いときに短歌に一時期であれ没頭したと書いている。それは八歳で岡山県牛窓から滋賀県彦根に移り約十年たった昭和四年から四年間、木俣修が編集する歌誌「香蘭」に参加し社友になった時期である。木俣修は昭和六十三年（一九八八年）に思潮社の現代詩文庫に『高祖保詩集』がはいったとき、そこに高祖保の思い出を書いている。その中で、木俣は「当時「香蘭」では僕などが先頭になつて「新芸術運動」といふやうなものをはじめてゐて、しきりに新奇な歌を作つてゐた。（中略）高祖保はこの行き方に対してもつともよき同情者のひとりで僕を支持する文章を書いたりしてくれたが、自らはさうしたところに従いて来ようとはしなかつた。彼は詩に於いてつねに新しい方向をたどらうとしてゐるから歌では古典的な発想を守らうと考へてゐたものであるらしかつた」と述べている。
父は「香蘭」から離れた後、二、三の雑誌に短歌を頼まれたとき、しぶしぶ応じていたようだが、第二詩集『禽のゐる五分間写生』を出した昭和十六年に雑誌「短歌詩人」に長歌「汽車につきて」を発表している。

汽車につきて

ことし五つを迎へし吾子の
をのこさび
汽車を好むと　汽車の画を、しきりに
ゑがき　汽車の玩具を、
せちに購《か》へとせがみつつ
あしたにゆふべに　自《し》がからだ、汽車に見たてつ
打ちのりて
汽笛鳴らして、はつはつに
駆くるなればか、わが子ろのしきりにゑらぐ

あはれさに、
いつかは負けぬ。

汽車の玩具、しきりに求《と》めつ
これはこれ　EF56
電気機関車、これはこれ　ラッセル車ぞと、
汽車といふ汽車のたぐひを
求《と》めくるに
玩具の汽車に倦みし子の
いつかほんものの大き汽車、前栽《には》にも
置けよといふまでに
なりたるあはれ。（まことこは
親莫迦とこそいふべけれ。）

子をたしなめて　父こそは
大き汽車ぞと双手《もろて》あげ

ピストンとなし、口よりは
たばこの煙《けむ》を吐きちらし、熱《ほめ》き　きほひて
長廊下　走りありくに
家嬬《いへづま》の、まあいつまでも父《とう》さまの
子供じみたる、をかしとも
年甲斐なしと
いひそふる。さなり、さはあれ　親もまた
ときじく子供に還るこそ
めでたきものか、まことこは
童《わらべ》ごころよと　わがいひにけり。
――走りながらに、

外村彰教授によれば、この長歌を含む七篇が野長瀬正夫編『日本詩集　第二集』（淡海堂出版、昭和十八年刊）に「わが長歌　七章」として収録されていて、それにつぎのような詞書が付してあったという。

きくならく。万葉すべて四千四百九十有余首。うちにして長歌二百六十有余首におよぶと。わが邦輓近の歌林に、まこと長歌寡く、まれまれに長歌ありて、おほくは内実に詩の寡きさまを憾みとす。一日、われつたなき才《さえ》を馳せ、長歌をして詩にひきよせ、詩をして長歌にたぐり寄せむと試みはしつ。（中略）かへりみて、およそよしなしごとのよしなきに似は似たれ。

父は苦労してつまらないことをしたようでもあると述懐しているが、詩を長歌に、長歌に詩のポエジーを盛り込むにはどうすべきか心底から考え、工夫しようとしていたことは確かな事実のようだ。

余計なことだが、わたしは五歳のときのこの汽車の光景をうろ覚えだが覚えている。汽車ポッポごっこは、自宅二階に上がったところが八畳間以上の広い部屋のような廊下になっていて、わたしが父の背中に馬乗りになって遊んでいたのだ。たばこは「光」で朝日の太陽部分を拡大した赤いデザインの箱だった。だけれども、父の肉声はどうしても耳の底に残っていないのが残念で仕方がない。しかし詩を何回か読むうちに、これだと感じる一篇を見つけたのが、本書を書くきっかけになっている。そのことについては、第二章につづる。

横書きの効果

五十年ほど前のことだが、三行書きの句集を見たことがある。前衛と言われる俳人のものだったと思う。

もしも、横書きの俳句があったらどうだろう。横書きの短歌はどうだろう。ともに形と伝統があるので許されないだろう。決まった形の中で、表現力の勝負になるのだ。

詩となるとたて、横自由である。文語、口語どちらも可。散文調、エッセイ調、日記スタイルもなんでもあり。定型がないので、一行でも千行でもかまわない。外国語が入ってもいい。ローマ字、片仮名、何かの記号を使ってもよい。一番欲しいのは詩人の表現力だが。父にも横書きの詩が一つある。

Terra=cotta（田園調書）

水明りが幽かに匂ふ　すると田園の空に
六月がたつ
露台《テラス》にそれを眺めてゐる人には　いちめ
んに青蛙のこゑが降る

洋燈《ランプ》の下の堆肥　雛燕
夜は夜で　ヒマラヤ杉に蛍のテエル・ラ
イトが灯つたりなど
まるで　老子降誕祭のかざり樹そつくり

★

海神《トリトン》の像の周りから　あつい暗緑色の海
風がおりてくる
小学校の体操場では　五月花の樹に木鼠
の巣があると　児がつげにくる
牆《かき》には寂びた鶯のかげが落ち……
山鶯のこゑだな　またしても田園の憂愁らしいものが
肌にくる

★

看風鶏《ウエザ・コック》はうごかない　二つの酒肆から午どきの煙が

そらへ二流の手をあげ
神々と花のなかではバレイ・ルスのリフレェンが顫へる
これを　マラルメ流にいへば
まづ《古びたサクソニイの時辰儀がゆつたりと十三時を打つ》頃あひ

★

野辺おくりの夜　追憶の鈴の廃れたひゞきに
古びた窓掛とか調度のなどあちらで　老いた蠟燭の火影が目をしばたたく
精霊の離脱　蠱惑と神秘　幻神と浄楽……
そのあとに《永遠》といふ老人が腰をおろす

★

花園で午睡のひととき　龍涎香が野生の夢を撫でる
花神よ！

まさに麝香草に花薔薇に聖書一冊　まるで牧歌の灌奐だな
天路の涯へ　向日葵のトロピズムが　陽あしを追つか
けにと出る

★

砂時圭の歎きが日をくもらす
すこし匆体ぶれば《蕭かに虚ろへと降り積む時の刻み》
かね
あああ　欠伸が尾を曳いてこころに懶惰を重ねる

（原文は横組）


この詩は父も自分の詩集に収録していない。未刊詩篇の中に入れてある。

読めない漢字、わからない横文字、しかも横組、これらの詩的効果はどこにあるのだろうか。直接質問できるものなら、そうしてみたいものである。

父の先輩で親友でもある詩人、田中冬二が、「独楽の著者に」あてた一文がある。その一部を写すと、立派な詩歴の君に私は敢て一言を呈する料理は砂糖や塩ばかりが効きすぎてはいけない／甘さ鹹さの中に自からそのものの味を出すことだ／砂糖や塩や胡椒を豊富に持つ君は余りにそれを惜しみなく使ひすぎる／兎もすればそれが君の新鮮な真の味をかくし消してゐる

素人のわたしからすると、父は形のうえから新しい詩を求めて挑戦しすぎて消化不良を起こしているような気がする。難解な漢字の使い過ぎも指摘できる。今後の問題として用字、表現の変化など言語学的な面から父の詩を分析できるだろうが、わたしには荷が重すぎる。

第二章　父の声

第一詩集『希臘十字』　モダニズムにとりつかれて

この章では父の肉声を詩の中から聞き出さなければならない。生前には第一詩集から第四詩集があり、戦後の昭和二十二年には父の追悼を兼ねて全詩集『高祖保詩集』が出版された。そこには未刊詩集『独楽』が収録されていて、これで父の詩集は合計で五詩集となる。代表的作品を各詩集から教篇ずつ拾い出すので、そこから読者にも父の肉声を聞き出してもらいたい。いずれの詩集もいわゆる十五年戦争の戦時下に出された自費出版、少部数のため、父がどのような詩を書いた詩人かは一般的には広く知られていないが、この章で、高祖保がどんな詩人だったかが、多少わかるだろう。戦前に書かれた父の抒情詩が、昭和後期、平成、令和の世でどう受け入れられるか、わたしは知りたい。さらに父は詩の地平線をどこまで広げられるか、一作ごとに工夫をこらして挑戦していたので、その様子がうかがえるのも、一興とも思える。この章では、父の詩が主役になるのだ。

各詩集からわたしが選び出した詩篇の数はつぎの通り。『希臘十字』四篇、『禽のゐる五分間写生』五篇、『雪』九篇、『夜のひきあけ』四篇、『独楽』十二篇、このほか未刊詩ノートから二篇、計三十六篇。

第一詩集『希臘十字』は昭和八年八月二十五日、椎の木社発行、七十部、一部六十銭であった。

この詩集は父が二十三歳のとき出版した。父が詩の世界に入ったのは昭和二年、十七歳のとき、百田宗治主宰の第一次「椎の木」に参加したのが始まりなので、約六年で第一詩集を出したことになる。早いともいえるが、百田宗治がいわゆる苦労人で新人を育てるのがうまかったのかも知れない。その証拠の一つとして、父が個人誌「門」を出したとき、百田はその二号にエッセイ、五号に詩を寄稿して若い父をサポートしている。

百田は第三次「椎の木」に当たる昭和七年から同十一年の期間は主にモダニズムに傾斜し、もっぱら若い才能を育てる方向に力を注いでいた。

この第三次「椎の木」の復刻版、全五十五冊が平成二十九年（二〇一七年）に出ているが、主要な執筆陣には春山幸夫、西脇順三郎、安西冬衛のほか萩原朔太郎、三好達治、草野心平、田中冬二など幅広い詩人たちの顔がそろっている。

父の詩集『希臘十字』に収録されている十六篇の詩のうち十三篇の初出は、第三次「椎の木」の初年に当たる昭和七年と八年に発表されたものばかりである。しかも主宰である百田宗治がこの詩集の装幀までしているのだ。

百田の持論に「詩集の造本は詩の一部である」がある。造本も詩であるというのだ。そのせいか、この第一詩集の造本をみると、凝りすぎの感じさえするほどだ。

本の大きさは横十六センチ。たて二十五センチの長方形だが、紙は上質紙で詩を印刷するスペースに横十センチ、たて十六センチのワクが印刷され、そのワクにそって、横、たて各三ミリの鉤十字がスキ間なく並び黒味がかった紺で印刷されている。これが何を意味するかわからないのが残念である。表紙に騎士像が一つ。タイトルは朱色である。

父のこの詩集について書かれた文章の中では、第一章でもふれたが、百田宗治のつぎの言葉が印象的である。

「詩人の免状を取り上げられて出版屋の鑑札が天から降りて来そうな気がする。自分では原稿紙に書く代りに本に詩を書いているつもりなのだ」。装幀が評判になってこのように喜んでいたのだ。

また、この詩集の広告も雑誌「青髯」の昭和八年八月号の一ページを使って目立っている。その広告文はこのようなものだ。

「近作の粋をあつめて七十部を限り私家版新詩集として上梓する。スタイルを独自の形式をとり著者のあたらしく拓り開かんとする高雅洗練の新浪漫体は、その全幅をここに収めて新装成る。好意ある読者の援助をまつ」。新浪漫体とはどんなものか。百田宗治は第三次「椎の木」を終えたあと、児童自由詩の指導や作文教育の方面に転身した。

つぎに同詩集から数篇を写す。

希臘十字

日は亭午。——翼のごとく汝の双手をひらけ。而して、彳《た》て。

希臘十字にかげを曳《ひ》かむ。

★

聖地の門を旋《めぐ》りながら、夜《よる》となく白日《ひる》となく、蜜蜂《すがる》よ。いつか門は十字に閉され、花々は霜に凍《こご》えた。蜜蜂よ。いかにおまへの翅《はね》が黄金《こがね》の燦きにひらかれるときも、そこには展くによしなく、匂ふに術《すべ》もない、空《あだ》な影ふかいうれひのみ。このとき、訪《と》へよ、蜜蜂《すがる》よ、――もし神あらば燈火《あかし》をかゝげよ、と。

★

門に青錆びた閂《かんぬき》のいたさ。十字にかけた罪障の烙印……

★

聖水盤が匂ふ。暁闇のなかで。
希臘十字にかたどつた星。楕桿《ポオル》の星。素馨の花と音楽。悠遠なパントマイムのをはり。
その下から、郊外の一番電車が睡りの歌を撒きちらす。

★

傷痕。――それに蝟集する歌ごゑ。華やぐ疼痛の歌。歌に攀《よ》ぢのぼる射手座、双女宮。そこから夜がおりる。

巨大な風車がアルコォルのやうに廻る。すると、翅のある時間が目にみえない素迅さでそのうへから飛びちる。

美の司祭者、夜よ。わたしはあなたの中にかくれた。すると、すぐさま傷痕は美化される！

★

海の目ざめ。
ひかりを鎧うた浄い暁のなか、蠢《むしば》まれた祈禱《いのり》の囁きがたちのぼる。一と夜、悪の扉に靠《もた》れてゐたかれらが、聖らかな眼ざめにかへるのだ。――一斉に咒詞を呟きながら。

Kalokagathia
「――宇宙は、単にタアォラの殻にすぎない」(ゴオガン)

一と夜。あらしの怒号が落ちてきた。
この湖中に、一隻の汽船が沈められた。

朝。わたしは見た。マストだけが湖面に二つの手をさしあげてゐる。それは、わたしの双の手に消て、空《あだ》な足搔きを仕つくして、倦い厳粛のしづもりに返つたといつたありさま。

けふも湖のほとりにあつて、追はれるもののごとく、右顧左眄《とみかうみ》しながらわたしは思ひ索める。二本のマストは微風を呼んで、湖面に二個の波紋を放つてゐる。あの下に、汽船はとらへ難い空を追ひながら、青い睡りを貪つてゐるであらう。それに似て索めるものは遠く迥かに捉へがたい。竟にそれは何であらう。むなしくうち顫ふ、掌とゆびと。ひと日は思惟の彷徨につかれる。

湖の眼《まなこ》はこの二本のマストのほかに何もない。それは神秘を魘くトランシットに似たものである。ここからわたしは、あなたの眼のなかに澄んだ死海をみる。あなたの掌のうちにあるカロカガテイァを！　それらのものは迥かに遠い。とらへがたい冷酷な距離よ。だが、おそらく思惟の犂のひとかへしは、この通浴な世界のなかの神秘を発掘するより首まるのだ。通浴は普遍のなかに、金鉱のやうにひそんでゐる。もし、あの神秘が地球儀のなかに眠つてゐるとすれば……


夕焼けのそらに、幾すぢの河が尾を曳いてゐる。

マストは暮れる。金星をいただく湖水の上で。

いまは詞《ことば》もなく、報らせもない。ただゆるぎない、無辜のひとのとき。微粒の砂に没するひかがみは、湖水のふかさを超えて土のふかさを知る。それは通浴の木に萌した神秘の芽であらう。これは誰に剪られ、誰に踏み蹂られるうれひすらもない。

そこに、夥しい通浴のひかりよ！

さうして、おお！　神秘の発芽よ！


（この詩の初出のタイトルは「神秘の片鱗」）

海燕と年

元朝のフレスコ風の雪のなかから、鵲《かさゝぎ》のやうに雪をかついできた郵便配達夫は、わたしに「おめでたう」といつた。かれはわたしの掌に、書翰の一束を落としてすぎる。晩香波にゐるＦ・Ｆの賀状には《リネンの月》といふ詩が印刷してある。その詩は剽窃だ。そして星に消た海燕《ひとで》がひとつ。海燕《ひとで》はマン・レイ氏のシネポエムから、写しとつたのであるらしい。海燕は音楽のやうに唄ふ。

昇華

理髪舗のあるじは嫣然とわらつて、鏡のなかで色学上の錯覚は、弁証法《デアレクテイク》のかたちで昇華することを告げてくれる。わたしの心の一部に、露西亜の小説家の《ヴォルガはカスピ海にそそぐ》といふ小説が浮んで、消えた。すると、たちまち、カスピ海の潮ざゐがわたしをさらつた。そこら一面に、サフランの匂ひ。頭の芯をめぐつて、銀の鋏から、金属製の花花が咲き出す。………

　わたしはいちはやく、おだやかな印度洋の春の風波《しけ》を、鏡面いつぱいに喚びおこすことに成功した。喜望峰のあちらからくる巻雲《サアラス》が榛《はりのき》の枝に梳《す》かれ、丸いかげを落としながら飛行船の銀の腹が、その上を通りすぎる。海は青鮫の砂ずりのいろに広がり、空にちかい波と波のすき間から、聖らかな船唄が流れてくる。その下を沈んでゆく、ココアいろの快走艇《ヨット》。水脈《みを》をひいて消えてゆく、金字塔に似た戎克。わたしの心耳に、それらの像《すがた》が交錯した瞬間、わたしは理髪舗のたかい椅子から、はずんだ鞠のやうに転げおちてしまつた。

　嫣然とあるじはわらつて、説明をくりかへしてゐるばかり。さうして、わたしの歯と歯のあひだに、嚙みたばこが拉《ひし》がれたと思ふ途端に、なぜであるか、昏々とはてしのない、ヴァテイゴの闇のさなかに、わたしは転落していつたのである。

第二詩集『禽《とり》のゐる五分間写生』　詩に俳味をとりこむ

第二詩集『禽のゐる五分間写生』は昭和十六年七月十五日、月曜発行所刊、百部。この詩集は父が三十一歳のときのもので、判型は現在の文庫本とほぼ同じ大きさ。用紙は緑一色で表紙に赤ん坊をかかえた西洋人形一つ。詩集は十六ページ。袖珍本の一種である。奇をてらった趣味のパンフレットともいえそうだ。

第一詩集の難解な重さはなく、詩はわずか五篇で一年をめぐるような俳句的な軽妙な詩集といえそうだ。五篇の初出は「文芸汎論」三、「月曜」二。

高浜虚子の『俳談』（岩波文庫）の一節に、俳句について次のような説明がある。

　俳句というものは時候の変化によって起る現象を詠う文学であるから、春夏秋冬の区別は重きをなさない。時候の変化そのものが重要なものである。時候の変化によって起る現象をつかまえることが俳句の使命である。

第二詩集にある詩篇は、虚子のいう俳句の使命を詩の領域で果たすとすれば、こうなるのではなかろうかと思われるものでもある。とくに「浜の植木市」の中の植木の出し入れや掛け合い漫才のようなやりとり、「夏」の炎天下でくりひろげるトカゲとオウムのやりとりとその結末は、父が詩の中に時折のぞかせるユーモアの一面を現わしているようだ。リラックスして楽しみながら書いているようにも思える。

この詩集の発行人は滋賀県で詩誌「月曜」の主宰者であり、詩人でもある井上多喜三郎だが、彼は第一章でもふれたように、自分の詩誌の発行に情熱を注ぎ込んでいた人で、父が心から尊敬していた郷里の先輩詩人なのだ。堀口大學を師としている点でも井上と父は似ているが、二人の仲は、外村彰教授がまとめた『高祖保書簡集――井上多喜三郎宛』からもうかがえる。この書簡集は昭和八年〜十九年、父が送った百三十九通のハガキ、封書をまとめたもので、二人の心温まる友情が伝わってくる。彼は郷土玩具の収集家で父は井上からこけしや独楽などを贈られたことがあり、とくに独楽は未刊のまま残されていた詩集名にもなっている。父は井上の日ごろの好意にこたえるように一冊だけの自筆詩集『信濃游草』を作って贈っている。

五篇の詩はつぎの通り。

孟春

月夜の園の鶴夫人《マダム・シゴオニュ》の扇　冬木胖「噴水」から

ねむりのうへに、ゆるい霜がおりた。霜のこな。それから、音楽のきれはしがおりた。ちかちか光りながら。淡い夢のつばさが、きれぎれになつて吹かれながら、そつとおりてきた。

ねむりがたちさると、いれ替りといはんばかりに、わたしのポケット、そこの窓帷のうらて、あるはパイプの胴、あれこれと視野いちめんに、冷酷な冬がつまつて、冷酷なふゆが、――ガラスのやうに尖りながら、花さいた。軋りあひ、鬩ぎあひ、まだ冬がたたかひ遺されてゐた。……

ちらと見てとつた。春が、ほほけた提燈をさげて、あしさぐりでやつてくるところ。

けふ、とほい噴きあげのうへを、一双の鶴が身をひるがへして、
消えた。ただ、それつきり。が、そのこゑだけが、ふしぎに黄塵
のやうに、ざらざらと心にのこつた。

禽ふたつ配する五分間写生

Ⅰ　鶺鴒

今朝は澪標《みをつくし》のうへから降《お》りてきて
白い磧礫《かはらいし》に、せつせと挨拶して廻る尾のながい旅行者…
——鶺鴒といふ禽《とり》よ！
こんな白《せりふ》をおまへに曰《い》はせた
あの詩人のことを、わたしは知つてゐる。
「——あたしが敲いて廻つたので、磧《かはら》の礫《いし》はみんな丸いのよ」

榛皮並木《とねりこ》の下、帯ひと筋の川、
この川は啜り泣きのまんま、あゝひとりで湖へとおちる…

Ⅱ　秧鶏

湖べりには、蘆のなげきぶし有《あり》
わたしは手帖に書いてみる、――「秧鶏《くひな》啼くや」と、
ところで二句三句に、はたと窮した。
「舫人《かこ》の欸乃《うなうた》　櫓のきしり」…

(曲《きよく》がない。これでは曲がなくて水つぽい。
まるで凡心《ぼんしん》の境涯が游《あそ》んでるだけ。)

藻刈船がとほる。
その水脈《みを》に、秧鶏が泛んで
吃逆《しやつくり》をしてみせる。
かい潜つてきてはそれ…

（かずならぬ渉漁《すなどり》のつましさを　嘲《かこ》ちながら、
この侏儒《こびと》先生、
けふは、ちと風邪気味であらせられる。）

浜の植木市

ほほう　これが《凌霄《のうぜん》かづら》ですね
――はい　さやうで
これは《銀木犀》
――さやうでございます　はい
これはまた　かあいい《大王松》ですね　君
――はい　はい　どうも…

これは《榧》の細木　あれは《あすならう》だな
——よくごぞんじで　はい
おや　雨を呼んでる《からかさ樅》　白秋のうたにある　さう
からかさもみのしだり尾の傘　あの風情は　雨に一段とふさはしい…
——旦那　どれにいたしやせう

凌霄かづらの精　といつたていの親爺
たうとう　痺れをきらしたらしい…

植木むらの　てつぺんを透して
一碧の　海
Empress of Canada の淡いけむり

《はい》を五つばかり　あたまをひとつさげさせ

やをら
わたしの懐をでた　ギザのある銀貨一枚
いまは
ひょろひょろの　見るかげもない　ヒマラヤ杉いつぽんになつて
わたしの庭へとかへつてくる

夏

夏の日が炒りつける。

蜥蜴は火のやうな庭石に睡る。べつの蜥蜴がやつてきて、彼に噛みつく。合戦。

そのうへの鳥籠。籠のなかで鸚鵡が喋りちらしてゐる。

鸚鵡、——すつかり喋つちやつて草臥れたわ。もう、あたいに真似られないものなんて一つもない。……けれど、あたい自身のこゑは一体どれかしら?」

蜥蜴、――俺の尻尾め、どこへいきやがつたかな?」

夏の日が炒りつける。鶺鴒のかげをうつす庭石のうへ、蜥蜴がゐない。蜥蜴の尾がひとりで跳ねてゐる。

蜥蜴の尾、――どうやらこれで、俺も一本立ち!」

湖の cahier から

時は日日に積り
公孫樹《いてふ》の金扇《きんせん》がひるがへつて　目に泌む
甃《いしだたみ》を　鴉のあるく音…

朱《あけ》の山門から　湖《うみ》へおちる道
そのみぎひだり　野櫨《しどみ》の花のしげりがみえ
山茱萸《やましゆゆ》の膨らみもつ冬の枝がみえ
——かと思ふと　真下　千丈の湖には
たちまち　粉雪がけぶつてくる…

第三詩集『雪』「礼儀正しさ」

第三詩集『雪』は昭和十七年五月四日、文芸汎論社発行、百五十部、一部三円の自費出版である。

この詩集は父三十二歳の誕生日に出た。縦長の単行本を横にした横長の判型に、横とじ、上質紙にハードカバー、函入り。ところが、函は和紙で全面張り上げ、題字、著者の名は単行本と同じ縦書きで本棚に納まり易い工夫がこらされている。百田宗治仕込みの造本、といえそうだ。

三十四篇が収録されていて、初出は「文芸汎論」十篇、「月曜」九篇。「椎の木」の姉妹誌で抒情詩系の「苑」三篇。「句帖」が二篇、「日本詩壇」が二篇。この他は、一篇だけの雑誌が数冊。作品のテーマは相変わらず自然、動物、植物、時の流れなどだが、詩形は散文詩、四行書きの短歌を感じさせるもの、書き出しに謡曲のリズムを置いた作など、形の上からの挑戦も目立つ。

この『雪』は第九回文芸汎論詩集賞を得た。選考委員は堀口大學、佐藤春夫、百田宗治で、この賞の受賞者と作品は、伊東静雄『わがひとに与ふる哀歌』、村野四郎『体操詩集』、北園克衛『固い卵』、近藤東『万国旗』などがある。

なおこの「文芸汎論」は岩佐東一郎、城左門の二人が昭和六年（一九三一年）九月に始めた。昭和十五年（一九四〇年）には百号記念慰労会が開かれ、父の井上多喜三郎宛の書簡には、父も参加して騒ぎすぎて、堀口大學にたしなめられた様子が書かれていた。この雑誌は昭和十九年二月まで続き、通巻百五十号になった。同年六月に軍情報局の指導で多数の雑誌が統合させられ、「詩研究」「日本詩」になった。とくに「日本詩」には父の最後の詩篇「征旅」が収録されているので、本書の締めくくりで再登場する。

堀口大學は詩集『雪』について俳誌「芝火」に長い批評を書いている。タイトルは「『雪』の詩人」である。

高祖保君は字画の正しい美しい文字で礼儀正しい手紙をくれる。かりそめの旅さきからのハガキだよりにも、ちゃんと頭もあれば尻尾もある文言がきちんとしたためてある。しかもこの礼儀正しさ、このお行儀よさは、決して彼の感情をやんわりと相手に伝へるさまたげとはならない。昨秋、静浦と軽井沢とからもらつた彼のゐはがきは、あたたかいひとの心のかをりで半日、一日僕の心をやはらげてくれたことをうれしく記憶してゐる。ひとあし先に同じ道を歩いた先輩だといふ以外、何の特別のことをしてあげたこともない僕ごときにまで、時時なつかしさうに、安否をたづねて下さるのである。君は珍らしい温情の士だ。僕は温情に一番こころひかれる人間だ。

今度、高祖保君は、詩集『雪』ができたからと贈つてくれた。詩人からの贈物は、詩集が一番有難い。見ると、これまた、当今珍らしく行き届いた造本ぶりの美本である。ご当人は、「素人の悲しさ、思ふやうには参りませんが、相当うちこんで懸命にやりました結果が、ご高覧のとほりで、失敗のあとも多く、泣くに泣かれぬやうな間違ひもいたして居ります。手不足と材料難の当節のことゆゑと、それをこの故にいたし、ひそかに心慰めております。」とはなはだ謙遜してゐられるが、この謙遜は当らない。手不足と材料難の当節、よくもこれだけの本が造れたものだと僕はつくづく感心した。

それに、縦に書く僕等の詩を納めるに、四六判の不合理を去り、これを横綴に六四判横ながめ組にして、余白の美しさを十分に生かし、ノドのゆとりをたつぷりとつて読む者の呼吸の出し入れを楽にしたあたりこれは正に科学的でさへある。しかも本箱に並べる時の型やぶり本の始末のゆるさに思ひを致して、この難問題を外箱のつくり一つで簡単明瞭に解決し去つた頭のよさは、心憎いばかりと言ひたい。これなんかは、「相当うちこんで懸命」にやつた苦心の結果であらう。結果を見たのでは雑作もなささうだが、これがなかなかむづかしいコロンブスの卵なのである。

さて『雪』の一巻に納められた高祖保君の詩を読んで、僕が感じる第一は、高祖保君の手紙の場合と同じく、この詩人の詩に対する礼儀正しさである。起承転結、決してゆるがせにしないお行儀のよさである。どの詩にも、必ず、ちやんとした頭があり尻尾があるのである。迂闊に読む者に禍《わざわい》あれ。いや、それぞれ詩に、頭があり、尻尾があるばかりか、詩集全体にも頭があるのである。例へば「和蘭陀石竹のかげに」は巻末を飾る一篇だが、読む者よ、これが君に、この一巻の見事な尻尾だからここに置かれてゐるのだと気づかなかつたら、君は盲目だ。残念ながら、詩を読む資格は君にはない。

この礼儀正しさ、このお行儀のよさが彼の孤独の歌の数々にも世にも愛しいしらべを与へる。彼は、自分の楽器がかなでるしらべの行方を知つてゐる。彼は歌ふのである。

わたしの詩集に荘厳といつたものはもとめまい。同時に綺羅も。よしんばもとめるとして、あの晩ざくらの群落の、――なにかかう火山灰に似た、白いうす濁りが漂つてをればよい。

行儀の悪い激上は彼の試みる新しい抒情詩の求むるところではあり得ない。よしんばもとめるとして、ある晩ざくらの群落の、――なにかかう火山灰に似た白いうす濁りが漂つてをるのが念願なのである。かうして彼は闇にとざされた中に端座して自分のうちに耳傾け「室内楽」に聴き入るのだ。心を削り、孤独の「歳時記」を書き綴るのだ。俳句的とも言つていいほど、鋭敏なそして日本的な季感を奥ゆかしい独自の言葉でノオトしてゆくのだ、礼儀正しく、そしてお行儀よく。

★

高祖君、今度君にあつたら、僕は言ふかも知れない。
――高祖君、すこし膝をくづしてはどうかね。その方が楽かもしれない。

第一章で、わたしが堀口大學をインタビューしたときのことを描いたが、そのときの彼の最初のことばに「君のお父さんは礼儀正しい人だった」があり、いつまでも気になっていた。若造が大家に会って緊張していたのだろうぐらいに思っていた。この批評があったとは知らなかった。つい長い引用になったが、いい批評に感謝である。第三詩集『雪』から代表的な詩篇を写す。

みづうみ

ほととぎす啼や湖水のささ濁り　丈艸

私は湖をながめてゐた
湖からあげる微風に靠《もた》れて　湖鳥《うみ》が一羽
岸へと波を手繰りよせてゐるのを　ながめてゐた
澄んだ湖の表情がさつと曇つた
湖のうへ　おどけた驟雨《スコール》がたたずまひをしてゐる
そのなかで　どこかで　湖鳥が啼いた

私はいく夜《よ》さも睡れずにゐた
書きつぶし書きつぶしした紙きれは
微風の媒介《つて》で　ひとつひとつ湖にたべさせていつた
湖　いな

貪婪な天の食指を追ひたてて
そして結句　手にのこつたものはなんにもない
白けた肉体の一部
それから　うすく疲れた回教経典《コオラン》の一帙

刻刻に暁がふくらんでくる
湖どりが啼き
窓の外に湖がある
窓のうちに卓子《テーブル》がある
卓子のめぐり　白い思考の紙くづが堆く死んでゐる
ひと夜さの空しいにんげんの足掻きが　のたうつてそこに死んでゐる！

この夥しい思考の屍を葬らう
窓を展いて　澄んだ湖のなかへと

山下町の夜

「灰色《グレイ》一枚でおりてくる冬！」と書いた
「後《うしろ》から足ばやに、私を追ひ越すゆふぐれ」とも書いた
その冬のゆふぐれが
ぽつぽつ、街燈に燻《くす》んだ灯《あかし》をいれてゐる
――横浜　山下町の、ここから海が展《ひら》けるところ…

たつた一つ、――ごらん、外国商館の屋上の、幽婉な抛物線《パラボラ》が昏れのこつてゐる。（ゆふぐれよ、あれはお前がけふの忘れものだ）夜ぞらをくつきり劃つている明暗。その涼しやかなスカイ・ライン。――まだ早い夜の、まだ星かげうすい空…

碇泊したEmpress of Asiaが
海へ明るい点燈装飾《イルミネエシヨン》の灯をおとしてゐる
(そのあたりだけ、海が燃えてゐる)
赤い土耳古帽のせた　ひよろながい印度人の火夫が
烟艸《たばこ》を薫ゆらせてとほる
その後から、青い星を散らす電車のポオル。

わたしは歩み入る、街路樹の鈴懸《プラタヌス》を涵してゐる闇へ。それはSといふ外国商館のまへで、注文帳《オオダアブツク》の黒の背革よりもくろい。闇に紛れてわたしはみる、二輪車のいくつかが、闇なかに憩《やす》んでゐるのを。――いまや夜が、それを平和な睡眠《ねむり》のなかへ裹《つゝ》まうとするとき、そのどれもが、円《つぶ》ら瞳《め》に消た灯を点《つ》けたまんま…

公園の噴水《ふきあげ》。(孤燈のかげに
夜の鶴をわたしは象《かた》どる

天から堕ちた純白のマダム・シゴオニュの扇）
ゆふあかりの青黛が仄のり匂ふ。あの自転車置場に、囁き交して
ゐる地上の参星《オリオン》。いみじい、だが、草かげの鬼灯ほどしかない、
これらの星たち！

雪もよひ

寒い。

わかい歯科医のもとへ　一句
「歯石《しせき》はづす　夜の皓《しろ》さに
睫毛鳴る」とかき送つて
その夜、まつしろいものに埋《うま》つて寝た。

寒い。

青い視野の奥のはうで
鵞ペンは、わたしの鵞ペンは寝たやうだ
行燈《あんどん》まがひの卓上電気《スタンド》も　もはや　眠つたらしい
それから　わたしの子供も　句帖も。

ところで
のこつた、眠らないのがただひとつ
膨らんで阿呆のやうな、きたならしい、このひだりの胸の哀求律《あいぐ》。

寒い。

夜のからんからんに乾いた空気の、その底で
うつかり　咳《しはぶき》をとりおとすと
発止!

それは青く火を発して　鳴つた。

雪

雪は紋をつくる。皷の、あふぎの、羊歯の紋。
六花。十二花。砲弾の紋。

江州ひこね。ひこね桜馬場。さくらの並木。
すつぽり、雪ごもりの街区。
星のうごかぬ、八面玲瓏と煙《けぶ》り澄んだ、銀張りの夜。
早寝の牀《とこ》で聴いてゐる。……プラステイックな宇宙《コスモス》のしはぶきを。
（このとき、地球は鞠《まり》ほどの大きさしかない）

微睡の睫毛はみてゐる。……囲炉裏に白くなつた熾《おき》を。（それが、宛《さな》らわたしの白骨、焼かれた残んの骨《ほね》に似る）
熾《おき》に化《な》つた榾《ほだ》の呟き。――わたしの脊椎《せきつゐ》を外《はづ》しとつてする「洗骨《せんこつ》式《しき》」を、……でなければ、肉体の髄を焙《や》きつくしてする「風葬《ふうさう》祭《さい》」を、……そんな末枯《うらが》れた夢見もするわな。

老来《おいらく》の、炬燵に眠りたまへる母上よ。
あなたの鬢《びん》にも、雪がある。

去年《こぞ》の雪いづこ

かの夜半《よは》の

ねざめに　あおき　窓玻璃《まどはり》に
散りこし粉雪《こゆき》
いづち　ゆきけむ

茅蜩記

一

比叡のなだりをくだり、うぐひすぶえとまをすものききはべりしか。いまだくわぶんにしてひぐらしぶえ、耳にいたせしことこれなくそろ。短日幽居のなぐさに、さればひところゐ、きかまほしくとはぞんじそろ。

二

偶来松樹下　高枕石頭眠
山中無暦日　寒尽不知年

大歳の暮れのひそまり、それは草臥れた心をたてかけるためにいい。「山中無暦日」といふ詩句、そのなかに、わたしは栖んでゐる。山中の温泉《いでゆ》。湯はあふれ滾れて、あけくれわたしの孤独を暖め、……

いましがた、湯殿への渡廊下で、わたしは一片、白いものに触れた。雪をのせた濶葉樹の落葉でないとすれば、匂ひをたたんだ、銀木犀の花びらの一片にちかい。外の雪あかりにすかしてみると、大晦日の三十一と書かれた亜刺比亜数字が、顫へるやうに、その白さを汚してゐた。ふつと思ひかへしてみると、もうこの歳も暮れるにちかいことが、まざまざと甦つた。山中無暦日。――暦日のない旦暮《あけくれ》に、遽かに標《しめ》立つものの白さが、身に沁みてきた。

湯に涵つて目を瞑つてみると、その暦の白いおもてを、気ぜはしく、年のうちすぎる跫音が、聴きとれる思ひがする。――内湯におちる湯の音。——玻璃にさらさらと肌ふれて、闇に沈んでゆく、塩のやうな粉雪。耳をすますと、裏山を越える木枯のかぜの一枚が、颯と幅ひろに、けものの吼えるに消た叫びを、おろしてきた。庭樹が鳴る。小禽の凍《こご》えるやうな音《ね》もそれに交る。そのなかから、ひと色、かなかなかな、——茅蜩《ひぐらし》のこゑ。……真冬の雪の夜に、はてな、それは雪を透して、脳の芯に、錐《きり》もみをいれるほどにつんと澄んで鳴る。かなかなかなと、高く冴えて、とほく、淡く尾をひく。「ちちよははよかなかな鳴くよ日のいりの亭き木《こ》ぬれにひとつ鳴き澄む」——じぶんの書いた歌が、そのこゑの下から、急に泛んだ。つづけざまに、またひとつ。……「かなかなは鳴きのうつりに日のいりの合歓《ねむ》の木かげのベゴニアの花」

そのこゑが、はたと途絶えると、遽かに落湯の音。木枯のざわめき。身をかへして、わたしは一度ひらいた眼を、また瞑る。

……

年の徂徠

いま燈火《あかし》は、弱弱しげに、細まる。
乞丐《かたゐ》のやうな十二月が
見窄らしく扉《と》に衝《あた》つて、わが家の角を折れていつた。……二足《あし》、三足《あし》。
そつと、闇のなかにと降《お》りてゆく、年の背《そびら》。
そのあとの空白を、粉雪《こなゆき》が性急《せつかち》にやつてきて埋めつくす…

午前零時、たつたいま、
痩せこけた年の詩神は、息をひきとる。あゝ古ぼけた破《や》れ帽子のやうな年が死んだ。
——偃鼠《えんそ》に似た、暗い憶ひ出と一緒に。

睡りかけた鳩時計が唄を歌ひだす、
ぽっぷう、ぽっぷう、ぽっぷう、
（それ「万有回帰《ばんいうくわいき》」の軌道が軋《きし》つてゐる）
わたしは唐艸《からくさ》模様の外套を羽織つて、
それから、雪のなかへと索《もと》めに出る
やつてくる年の
――さりげない火種《ひだね》を秉《と》りに。

淡彩

1

ひと冬、咳きこんでゐた公園の噴水《ふきあげ》。いまは枯れがれにおとろへて、春の日ざしを浴びる。そこから、何の言葉も聴かれない。

噴水《ふきあげ》のうへを斜《はす》に、――鶺鴒まがひの痩せた小禽がひとつ、青磁いろの一線を曳いて、さむくおちていつた。なにの言葉ものこらない。なにの囁きすらも。――去つてゆく冬の使節、いまはこゑを嚥《の》む歟《か》と。……

2

並木路は、まだ芽ぶかぬ白楊《ポプラ》。

その首のめぐりはいつせいに痩せて、ほんのちよつぴり、冬の襟巻《マフラア》に肖た雲の片《きれ》はしをまとつてゐるといふだけ。この灰いろの襟巻。ふゆの遺産。――そこに、まだ春のことぶれはとほい。道ゆく犬も、子供を載せた乳母車も、その乳母車ひく母親も、われとわが影を踏んで、あるいてゆく…

3

廃館になつた領事館のまへで折れて、海へおちる道。――あをく摺《たた》まれた海の夢が、とほい憧憬《あくがれ》を乗せて、万里の潮を、しろくあげてゐる。

ゆふぐれを背負つて、その坂のうへから自転車に跨つた、臙脂《えんじ》いろのワン・ピイス・ドレスのをんなひとり、身をひるがへすやうにおりてくる。――おりてくる自転車。跨つたものは、すでに一個の、無心の物体である。もし、さうでないとするなら、あれは、冬の石女《うまずめ》にちがひない。

4

ヒマラヤ杉のうへに、日ざし弱い、ま昼の太陽がやすんでゐる。雀一羽すら、そこへはやつてこない。おしだまつて、ものに倦《う》んじた時のながれが、目にみえぬ迅《はや》さで、逭《に》げてゆくだけである。

ヒマラヤ杉の下のベンチ。目なれた浮浪者のかげすら、そこへやつてこない。気おちした、老人の精神が、トゥルゲーニエフの散文詩ふうの外套をまとつて、そこに腰をおろしてゐるだけである。――全く、まつたく、それは、わたしが置きわすれた詩の、うらぶれた《残像《アフタ・イメエヂ》》のすがたであると、告げたい。

くれなゐ

目覚めると、庭芝のうへ、やはらかな雨が降《お》りてゐる。目にしみる、いろどり。睡《ねむ》つてゐる芝艸。――みてゐると、ぽたり、それへ凌霄《のうぜん》かづらの花がこぼれおちた。緑中一点紅。（これで何がな、風景に彩《いろどり》が生じた）だが、芝艸の睡りはさめるとしもない。

第四詩集『夜のひきあけ』　戦火のもと誕生した生命

第四詩集『夜のひきあけ』は昭和十九年七月五日、青木書店発行、一円五十銭。父は三十四歳。五か月後にビルマの野戦病院で死亡しているので、昭和十九年は人生最後の年である。戦況が悪くなっている時期なのに、本の用紙は上質なのが解せない。これまでの詩集は全て自費出版だが、これは二千部、川上澄生装幀で一定の売り上げを見込んでいたようだ。しかし、実際はわからない。

今回も初出誌を参考に詩集の特色を考えるのだが、この詩集に限って、父が力を入れて執筆していた従来の「椎の木」「文芸汎論」「月曜」という三誌は姿を消して目新しい詩誌ばかりである。人見知りの強い父が新しい詩誌に執筆するようになった動機はわからないが、予想できることは、敗色がこくなるにしたがい紙の事情が悪くなり、執筆側が雑誌を選べなくなったのではなかろうか。内容についても、テーマは「戦争」である。父の詩の題材は政治、経済、社会から材料を取ったものは皆無なのに、この詩集三十篇のうち、「戦争」にからんだ詩は二十七篇、無関係な詩篇は、わずか三篇である。

まず戦争臭の強いものから。

「天の岩戸開く」は長いので一部を写してみる。

みんなみに　英米蘭支　袖をつらねて我を抑制し／ことごとに異を樹て　従を強ひ／（中略）天理の真なるに背き／みづからの暴をしも　正となした∥（中略）神神はいま　八紘《あめがした》に／あらたなる建設の／経営の／槌の音　たからかに／国造りさせたまふ∥われらはこれをしも／「亜細亜の夜明け」とも「亜細亜の新世紀」とも名づけよう

笑顔

――ははうへ、泪の奥で　につこり／お笑ひくださつたそのお顔は／もはや　私に／如　何なる死をも怖れさせません／（ちちうへと共に　国の弥栄《いやさか》を　永く　お眼瞻《まも》りください）

福寿草

炬燵のうへの大東亜双六／双六の賽　はビルマあたりで憩んでおり

この初出は「短歌詩人」（昭和十八年三月刊）で、父が自分の召集の一年四か月前に「ビルマ」と書いた不思議さにおどろかされる。予知能力か？

以上の抜粋詩三篇は父にとっては戦争詩という不慣れなテーマのせいか、どこか紋切り型の臭いがする。さらに付け加えると、父の詩は、当時発表された多くの戦争詩に見える「戦意高揚」の役目は果たさず、大本営発表を鵜呑みにそのままを書いたような感じさえするものである。父の詩に軍隊に違和感をおぼえたことをよんだものがあることを付け加えておく。

読むに耐えられる詩はつぎの四篇をあげるだけである。

啊呍の行者

かつてわれ　わが書架のうへに

到来物なる　張子の虎　ふたつ置きたり

ひとつは　口展きて　朱き口中をみせ
ひとつは　口噤みて　皓き歯並をいだす

口展ける虎　大虎にして　頸根《うなね》やや短
口噤める虎　小虎にして　頸根やや長

ひとつは　脚のつけ根折れて　うちらへ曲り
ひとつは　片耳ちぎれ去つて　歪《いびつ》の相を示す

脚折れて曲れる　曲れるままによく
耳剝《そ》げて耳なき　耳無山に似は似たれ

ふたつ並びて　世上　楼門の仁王像に異らず
そが口辺の開閉は　おのづから啊吽《あうん》の二極を現ず

われ書架より　書物とりいだすとて
書架のうへなる虎ふたつ　ゆらゆらと　首をふり

われ書架に　書物を還すとて
書架のうへなる啊㕭の行者　またゆらゆらと　首をぞ振る

うごくこと　おのづからにしてうごき
しづまること　おのづからにしてしづまる

わが詩の動中に発する　かくのごとく
わが歌の静中にしてとどまる　凡そかくのごとし

春日　二像のかげ　書架の書にいたり
秋日　二者のうごき　わが机上の小箋に及ぶ

わが書架にして　二虎のうごき　ささやかにはあれ
わが筆硯にして　啊吽の示相　極めて大なるを

午下三時　一碗の渋茶に　こころ足り
われ　わが口を開きかつ閉ぢ　二者のすがたを摸す

二虎にしてこころあらば　われを目瞻《まも》りゆけ
こころして　われ　汝らが放膽を愛すといふべし

この二つの虎は滋賀県在住の詩人、井上多喜三郎から贈られたもの。彼は父が尊敬の中にも最も親しみをもって接した先輩詩人で郷土玩具収集家である。父は渋茶を飲みながら啊吽《あうん》の表情で書架の上の虎を見てくつろいでいる。

田園に囁くもの

むら雀――おい兄弟。今年は豊年、いただきものがたんまりあるぜ。
案山子――雀の奴め、おれの眼の黒いうちはさうはさせん！
落穂――あたいを拾ひにきたひと、ちよつと、みんな勤労奉仕《アルバイト・ディンスト》らしいわね。
稲架《はざ》――なんて重さだ。今年といふ年は、ばかに稲を背負《しよ》はされちまつて、肩が凝つてしやうがない。
稲扱《いねこき》――あんまり喰べすぎて、顎がだるい。
鎌――贅沢いふな。おれの歯のくたぶれやうをみてくれ。
刈田――すつかり散髪されて、せいせいした。だが、おつつけ、演習の子供に、頭をいやといふほど踏まれる。
晩稲《おくて》――急《せ》くことはない。「大器晩成」だわな。
新藁――なんだ。生温《なまぬく》いと思つたら犬公の小便か。

野良犬――おまへさん、年貢は納めて、もう御安心だね。

秋の霜――黄金《くがね》の波をさまり、やうやく俺の天下か。「冬瓜のいただき初むる秋の霜」ッてね。

南天の実――鵯のお客さんがくるわ。そろそろ、口紅つけなくちゃ。

父は自分の舞台に戻ってきたかのようにリラックスしている。肩の荷を降ろしている。「農政」（昭和十七年十一月刊）は初めての執筆。

小さき者に

わたしのこの世で首《はじ》めて得た　女の子
わたしはおまへのお母さんと
ひさしくおまへの名を考へあぐんだ

——泰子
聴けよ　これが
おまへの生涯を貫く名だ
たとへ姓は渝《かは》つても
金輪際　この名はおまへとともに渝るまい
そのやうに勁く　しかと地《つち》に足据ゑ
をみなとしてのおまへの一生を
ゆるぎなく　全うせよとの念願こめた名だ

わたしとおまへのお母さんは
国あげてたたかふさなか一人たりとも
男子なれと
ひさしく男の子の名を考へあぐね
「泰子」といふ二字ばかり
眼前にちらついて　ならなんだ
（もうおまへが

——とつくに胎内から
わたしと　おまへのお母さんに　呼びかけてゐたにちがひない）

昭和十八年霜月二十二日
この日は
おまへが　個《ひとつ》の生命を担つて
泰子と名のつてこの世に足ふみいでた日だ
わたしは防空服に鉄兜
防毒面を背に　ゆりあげ
明日なる　防空演習の予行に余念がなかつた
そのあひだにおまへは
お母さんの胎内から　潔くこの世にをどり出した
九百八十匁
世の女子出生の標準をはるかに抽いて
おまへはお母さんそのままの丸顔
髪しなやかに伸び足り

ふくよかに匂ふ　桜いろの爪をもち
布団をゆりあげる泣きごゑをたててゐた
おまへの兄なる修は
なにがなにやらさつぱり判らず
――僕にこの赤ちやん呉れる？」
もの欲しげな顔で　おまへを窺きこんだものだ

国は三たび
いま　捷ちさびの十二月八日を迎へる
おまへのゆくてには
大きな国の予望がかかる
おまへは　個《ひとつ》の生命のなかから
さらにたふとい　いくつかの生命を産みなすにちがひない
生命はさらに生命を産みなし
やがては　たたかひに捧げられた生命を
地に充たす母胎となる

そのとき　おまへはしんじつ「生命」の母胎とならう

わたしと
おまへのお母さんの　両《ふたつ》の生命は
修とおまへの　両《ふたつ》の生命をこの世に送り出した
このふたつなき　生命ふたつを
わたしとおまへたちのお母さんは
この世のかぎり　根かぎり　護りつづけるだらう
護りつづけて悔いない　こころの深淵を
わたしとおまへのお母さんは
真紅にふくらんだ　おまへの顔のうへにさし窺く

——泰子
おまへはまだ展かれぬ眼の奥で
この世の父と母との　かかる思ひこめた眼差《まなざし》を
逸迅く読みとるにちがひない

奇しき血のつながりが
否応なしに
わたしとおまへのお母さんに
さう信じさせるのだ

この詩は父の郷里岡山にある吉備路文学館で特別展として開かれた「生誕一一〇年 雪の詩人 高祖保展」（令和二年（二〇二〇年）九月〜十二月）でパネルにして展示されたものである。同時に開かれた吉備路近代文学の七人展（薄田泣菫、正宗白鳥、郭沫若、西東三鬼、永瀬清子、柴田錬三郎、藤原審爾）が一階展示室だったのにくらべ父の展示は二階展示室が当てられたほど、文学館が力を入れたものだった。展示にも工夫がこらされ、詩のパネルの横には家族写真が飾られ、詩の内容に来場者の目をひくようなレイアウトだった。この展示を企画した女性学芸員は父の詩には難解なものが多いが、展示の詩からは詩人の子供への思い、家族への思いがひしひしと伝わってくるもので、家族を持つ自身にも強く響くものがあった。周囲からの評判もよく、この詩をパネルにして効果があったという。

来場者のひとりに地元山陽放送ラジオで夕方のニュース番組担当のフリーの女性アナウンサーがいて、この詩を自分の番組の中で朗読した。会期中に郷土史研究家で高祖保顕彰会代表でもある清須浩光が「高祖保へ手紙を書こう」という企画を出し、三十七通が寄せられ、わたしがかつぎ出されてそれぞれに保になり替わって返事を出す羽目になったこともある。

わたし自身はこの詩から父の肉声は聞きとれない。しかし、桜いろの爪で、布団をゆりあげて泣く赤ん坊をジッと見つめる父の姿が見える。ただ、「僕にこの赤ちゃん呉れる?」と六つ年上のわたしがいった声は、われながらいいそうなことで、耳の奥で反響している。妹の泰子が詩になっているので、わたし修の出番として、「牛」を紹介したい。

牛

この夏は　父子揃つてはだか暮らし
はだかの子が
はだかのわが痩軀を攀じのぼる
追つても　払つても
いつかな止めない
擽つてふり落としてやると
ころげて笑ひ　ながい涎を垂らした

――よくせき涎垂らす子だ」
わたしは感心して
畳に曳いた　涎の航跡を拭ひながら
かたへの妻にいふ
――尤も、この子は丑の歳生れですからね」
妻はこともなげに
洒落ともつかぬ　洒落をいふ
(聞いてゐる肚の下
笑ひの塊りがこみあげ　どつと　爆発する)

この子は涎垂らしながら
不乱に　戦車や傷痍軍人の絵を描く
はがきに描かせて友人に出すと
きまつて　おもしろい絵だ　と返しがくる
それを子に伝へると

子は　ふふんと　感心したやうに聞いてゐる
この子は　いつか涎垂らすことを忘れ
絵のなかの実在となるだらう
聽ては
鉄の牛《タンク》に乗つた　兵隊自身になるのかもしれない
涎はをさめても　子よ
しんねりむつつりと　粘りは忘れるな
牛のやうにゆくことだ　万事

この昭和十九年はわが家にとって最悪の年といえる。

私が東京の田園調布小学校に入学したものの入学祝いなどする余裕はなかった。B29爆撃機が上空に現れ、庭に作った防空壕に出たり入ったりの日があり、夜空に川崎か大森方面が燃えているのが反射して気味が悪かったことを覚えている。しかし家の周辺の雰囲気はいたって明るく勇ましかった。特に連隊があったわけでもない、テレビもないときなのに、小学校一年のわたしは、「ああ　あの顔で……」の「暁に祈る」や「若い血潮の　予科練の……」の「若鷲の歌」さらに「勝って来るぞと　勇ましく」の「露営の歌」を口ずさんでいた。いまだに不思議なのだが、それほど軍国調が浸透していたのだろうか。

生活面では、父は叔父宮部千太郎が興した貿易会社を八年前に引きついでいたが、仕方なく閉鎖せざるを得なかった。

ここにやってきたのが召集のハガキである。京都にある連隊に向けて父が東京を発ったのが奇しくも七月五日である。詩集『夜のひきあけ』の発行日と重なっているが、父はこの詩集を手にすることはできなかった。また、二日前の七月三日は（最近になってわかったことだが）大本営本部が父が向かったビルマの作戦の中で「悪名高い」インパール作戦の中止命令を出した日でもある。

この原稿と関係なく、平成の時代になって父の部隊のことを知りたくなり滋賀県の健康福祉政策課に問い合わせたことがあった。兵籍簿のほかに連隊の転戦状況のコピーも添えられてきた。それによると、父は召集された連隊からまだ国内にいるのに別の連隊に転属していた。これだけでビルマ関係の連隊がかなり混乱していたことがわかるが、父はビルマに到着するなりインパール後に新設された三つの作戦のうちの一つに配属された。敗色の濃い中で、この作戦がどれほど有効なものであったのか知りたいが、その効果は非常に疑わしい限りだ。

父の遺骨はもちろん身に付けていたものなど何ひとつ遺族のもとに戻ってきていない。戦病死になっているのだが、野戦病院のある地名さえはっきりしない。戦後の昭和二十二年春に遺族のもとに届いた公報では「ウントウ」とあったのが兵籍簿ではさらに東側に寄った「テセゴン」となっている。かくの如く、当時の陸軍の組織としての混乱と狼狽ぶりが伝わってくる。いまさらではないが、父の召集は無意味で、その死は無駄な死ではなかったのかと、思わざるを得ない。

父の死亡した日についても、最初は年を越してすぐの昭和二十年一月五日だったのが、いつの間にか一月八日に定着している。どこでどうなったか推測できない。

さらに笑うに笑えない事実もある。敗戦前年の昭和十九年の大晦日に届いたのが、出征のあとの唯一の軍事郵便である。年が明けて一月八日に父は戦病死しているのだ。

ビルマ派遣祭七三七八部隊

宮部 保

天佑神助を保有して無事なる
征旅にあります
　皆様お元気にをられますか

留守中万事よろしく願い上
げます

征旅近什を左に

朝食は青き一房みんなみのバナナなりけりよく食《を》しにけり
椰子林のしげきがなかをただにゆく河波ややにおし濁りつつ
夜を旅けば月の一夜の涼しらに椰子樹のかげの片ひかりつつ

修　泰子によく気をつけられよ元気で。

留守家族は父が死んだとは知らず、終戦前の昭和二十年の春、東京から四国香川県の山奥に住む親戚の家へ疎開していたのだ。泣くに泣けない事実である。

追悼全詩集『高祖保詩集』収録の未刊詩集『独楽』 父の詩の新展開

未刊のままになっていた第五詩集『独楽』は昭和十九年の秋に「文芸汎論」の主宰であり、同誌の社長でもある先輩詩人岩佐東一郎の詩集『紙鳶』と同時出版する予定だった。父は第三詩集『雪』と同じ体裁で、横長で横綴じの本にするはずだった。父は出版となると異常に神経をとがらせるクセがあったらしく四校、五校と校正を繰り返しているうちに、召集令状が舞い込み、出版は見送らざるを得なくなったのだ。父の第四詩集『夜のひきあけ』の発行日である昭和十九年七月五日に父は京都にある師団に向けて東京の自宅を出発した。せっかく出来上がった詩集を手に取ることもできなかった運の悪さが、この第五詩集まで続いていたのだ。

いま、わたしの目の前にあるのは、校了間ぎわで未刊になってしまった第五詩集『独楽』の自筆原稿である。原稿は二百字詰め原稿用紙百二十枚で終わっている。内容は三つの章をたてた目次がついているが、各章の詩篇の名は記されていない。三ページずつ三か所でページが欠けていて、そこにどんな詩篇があったかについては判らない。巻頭の詩篇は「夢に白鶏をみる」で、全体では二十から三十篇の詩篇から出来ていたと思われる。

この未刊詩集はどうなったのか？　わたしの推測通りと思うが、母はわたしに詩の話をするとき、名前で親しそうに呼んでいた「トウイチローさん」（「文芸汎論」社長の岩佐東一郎）にすべてを託して出征したものと考えられる。母の依頼を受けた岩佐東一郎は堀口大學に父への追悼詩を頼み、これを表紙のつぎにのせて、昭和二十二年十一月一日発行の追悼を兼ねた全詩集『高祖保詩集』にまとめた。巻末に編者として岩佐東一郎が追憶記を書いている。

この全詩集は戦後の用紙事情の悪いときだっただけに、仙花紙に似た紙を使っているが、内容は既刊詩集から詩篇を厳選して作られていて、例えば戦時色の強い第四詩集『夜のひきあけ』からはわずかに六篇を選んでいるだけだ。

この全詩集に未刊のままだった第五詩集の表題作「独楽」があるが、これは郷土玩具の収集家でもある井上多喜三郎から贈られた独楽がテーマになった詩篇である。父が独楽を一つ一つ手に取り、ゆっくり並べる——楽しい詩である。この詩集『独楽』の詩篇の内容はさまざまだが、目立つ傾向としては、これまでの彦根という舞台が軽井沢という場所に変わり、そこの魅力に父は取りつかれているようでもある。父は第二詩集を出したころから体調不良を訴えることが多く、エッセイ集の中の「軽井沢より——高原の丸木小屋日録」では、昭和十六年七月二十日から八月二十六日、ニューグランドのロッジで静養しながら、軽井沢を散策する日々が描かれている。くつろぐ気持ちが伝わってくる文章である。『独楽』の中の「旅の手帖」はその二年後に再び軽井沢中心に信州をひとめぐりした日々の心象を日記風に仕立てた詩である。

父は八歳から二十歳まで滋賀県彦根で過ごした。当然のように、第三詩集『雪』では、みずうみ、雪が詩のテーマになっていた。

この『独楽』で詩の舞台は彦根から軽井沢に変わったが、体調の微妙な変化に反応するようにテーマは病気に移り、さらには子供の成長にともない、子供を中心にした家庭の中にも目を向けるようになってきた。例えば、詩篇「忠告」「経過」「燕」「同居」など病気をテーマにしたもの、詩篇「小さな時」「ふらここ」など、子供の動きが伝わってくるような作品が目に付くようになる。わたしはここに父の詩の新しい展開を感じる。もし第一詩集『希臘十字』が好きな読者が『独楽』を読んで、両作品が同じ詩人のものであると気づくだろうか。

年齢を重ねるたびに、ものを見る目の広さ、深まりは自然に変わるので、作品に変化が出るのは当然のことであろう。とくに父のように幼少期に祖母のいやがらせ（?）に苦しみ、その執念にさいなまれた人間が、自分の子供を持ったとき、その視線の中にやさしさ、やわらかさ、思いやりがにじみ出て、言い尽くせない父性愛が出るのではなかろうか。

次に『独楽』から十数篇の詩を写すが、ついでに、父が未刊詩ノートの約五十篇のなかに入れたままにしておいた詩篇「亡母七年」「叱る」の二篇を追加したい。とくに「叱る」はわたしが主人公だからということではなく、読んでもらいたい詩である。なんといい父親であったかわかるはずである。その「叱る」という詩は、わが子を呼びつけて叱ってやろうと、じっと子供の目を見つめているうちに、叱る言葉よりも先に無邪気な子供がいとおしくなってしまい、父が先に涙ぐんでしまった。子供は父親の涙ぐんだ顔を見つめて心から泣き出してしまう。

なお、未刊の自筆原稿『独楽』の巻頭詩は「夢に白鶏をみる」だったが、全詩集の中にいれた『独楽』の巻頭詩は「征旅」にかわっている。「征旅」が未刊自筆原稿『独楽』の中にもともと入っていれば、単に順番が入れかわって全詩集が編集されたたものとして問題にならないのだが、「征旅」は全詩集の『独楽』の中に突然現れたのだ。しかも、巻頭詩として現れたのは、大きなナゾである。次節で考えてみたい。『独楽』から写す。

夢に白鶏をみる

暁のともしびほそく灯りて歳新し　城太郎

暁《あけ》のともしび　ほそい庫裡に
神さびた白鶏が　ククク、クと　鳴いて

羽搏いた
あとは　森閑と　なり鎮まる
（鶏の面輪は　阿母《はは》の俤あつて　床しい）

いま　厳かに
うつつなに
——歳　軋り　現実《うつつ》に入り来《きた》る…

独楽

秋のゆふべの卓上にして
独楽は廻り澄む
——青森大鍔、島津彦三郎作、大独楽が

――鳥取の桐で作られた占ひ独楽が
――玉独楽が
――陸奥の「スリバツ」独楽が
――土湯、阿部治助作といふ　提灯独楽が
――伊香保の唐独楽が
――九州、佐賀のかぶら独楽が
――三重、桑名のおかざり独楽が

まはる　まはる
秋のゆふべの卓上にして
独楽が　廻つてゐる…

麦酒《ビール》樽のおなかを　ゆさぶりながら　廻るもの
六角の体《たい》を傾《かし》げながら　蹣跚《よろめ》くもの
口笛をふきながら　廻るもの
ころりころりと廻りながら　転りおちるもの

仆れたのち　廻りはじめるもの
廻りながら　仲間に頭《づ》を　ぶちあてるもの
はやくも寝そべつて了ふもの
寂ねんと
孤《ひと》り　廻り澄むもの

独楽よ
廻り廻つて澄みきるとき
おまへの「動」は
ちやうど　深山のやうな「静」のふかさにかへる
静にして
なほ
動
――この「動」の不動のしづかさを観よ
秋のゆふべの掌《てのひら》の上

独楽　ひとつ
廻りながらに澄んでゆく

年のゆきき
一　越年《をつねん》

傾いた年の
あかるい背のはうで　鶯が啼く
傾いた年の
あかるい胸のあたりで　生まれたばかりの子が泣く
ゆるやかに　地球はまはり
年は　いそぎあしで　地軸を超える

わかものは　眉　すずしく
潔く　半球のあちら側へ　出て征く

うぐひすが啼き
子が泣き

あかるい年が　やつてくる、――
（捷ちさびの光輪を帯び）

二　元朝《ぐわんてう》

あかるい庭のはうで
胸張つて　高音《たかね》…
――ことしの鶯が　啼く

子の眠りはふかい
ふかい眠りから　子を呼びさますもの

――眼にみえぬところにあるもの
ちちか
ははか
否、いな、とほきにある
神の　おん手のごときもの

ひかりが　怒つてゐる
ひかりが　咲《わら》つてゐる

怒る　ひかりに　親しめ
咲《わら》ふ　ひかりを　畏れよ

あかるい庭のそらで
――胸張つて
ことしの奴凧が　跳ねてゐる…

大歳

冬の蝶――山茶花の花と間違へられて、困る。動かないでゐるものだから。
冬の蜂――寒さには、とかく、動くのが億劫だね。
冬の蝿――年寄りには、障子の桟で、日向ぼこが一等。
石手洗《つくばい》の水――毎朝、お手製のガラス板を造つてゐる。子供たちが喜ぶから。
子供――この氷、薄くて駄目。
柄杓――あたいを一緒にもつてゆかないでね。
冬の山――雪のちやんちやんこで、どれ、ひと眠りするか。
冬の川――あたしの口笛は、とんと冴えない。
木枯――替つておれが、虎落笛《もがりぶえ》を吹いてあげる。

鐘楼――もう二、三人きた。「山門のひらかれてあり除夜詣」か。
撞木――失業の手がむづがゆい。相棒だつた鐘の出征が、今夜ばかりは羨しい。
ラジオの声――皆さん、いま、戦捷第二年の輝かしい歳が明けようとしてゐます。

旅の手帖

中央線・小海線・信越線――九月

一

竹煮艸、――錆びた鉄路の両脇で、鈴を揖る警手。黄いろの制服を着て。一列に並んで。ときに、秋の稲の穂を真似て。

二

蕎麦の花、——秋はやい山間の、白茶けた手織木綿の緞通。あちらに一枚。こちらに一枚。

三

山のぼる汽罐車、——すこし登り坂にかかるとすぐさま、宿痾の喘息が出る。身も世もなく、息ぎれがする。ただの二輌きりで、もうこのありさま。気の毒がつて、耳うちする。「はやく、新時代の電化療法をやつて貰ひたまへ」……ところで、嵩じた喘息は、降り坂にかかると、さつさと、をさまる。

四

諏訪の湖あかり、——周囲《めぐり》の山が昏れてから、ぽんと一枚、仰むきに置かれた、手鏡。このやうなところに、身だしなみはある。天は洒落《しやれ》ものだ。

五

鉦叩《かねたたき》、――湖の宿の訪客。秋のしよぼふる雨のなかで、垣の内外《うちと》で、いつまで、たち去らない巡礼。鉦叩くだけで、御詠歌はやらない。

六

わかれ嶓、――秋とはいひ条、諏訪湖の宿で吊つたが、松原湖の宿では、もう吊らない。夏の遺産。にんげんを捕《と》る、このあをい投網《とあみ》。一日跨いだ、数十里の距離が、わたしに「嶓のわかれ」を身につけさせる。

七

啄木鳥《きつつき》、――軽井沢で、ロッヂを叩音《ノック》した禽。この松原湖のほとりでは、亭《たか》い橡《とち》の樹を叩いてゐる。洞にゐる栗鼠を、呼びだしにかかつてゐるらしい。一向、出てこない栗鼠に、業を煮やして、やけに叩音《ノック》してゐるのだ。この気短かの訪客は。

八

煙草干す、――うすい葉っぱ、あれは動物園の象の耳に肖てゐる。
象の耳を揃へて、軒に吊るした山家を、たんねんに、わたしの
汽車がみてまはる。

九

水車小屋、――松原湖からくだる、道の両脇、八ヶ岳一合目の標
石をさしはさんで、ゆつくり廻つたはうが、もちがいいといつ
た風に、二つの水車が、悠然と廻りあつてゐる。通りすがりの
わたしに、小屋のなかで、せつせと首ふる杵の鼻唄が、聞えた。

十

諏訪湖の宿、――まへが、詩人田中冬二さんの栖居。うしろが、
一泓《わう》の湖。秋の雨が、まへうしろとなく、ふりしぶく。
秋かぜのつのりて吾亦紅《われもこう》の雨

十一

雁わたる、——灯を消した、山の湖畔の宿。湖の夜天を、鳴きつれる、一連の鳥。カリ、カリ、とお互の呼び名を、呼びあつてゐるこゑが、夜の山気に、冷たく谺して移る。……よほど、夜道に、自信なげな気ぶり。同類が、あんなに大勢ゐながら。

十二

湖釣《うみづり》、——暁《あけ》から昏《く》れまで、山の湖に糸を垂れてゐる老人がゐる。つひぞ、釣りあげるのをみることがない。湖がある以上、魚がゐると決めてゐるのか。魚がゐる以上、おのが釣技の未熟で、かからぬと考へてゐるのか。……老人のあたりだけ、秋の日が、長い。春の日に劣らず。

十三

湖上滑走、——松原湖の宿では、湖へむけて、拡声機が口をあいてゐる。秋も、まだ九月。湖は、氷るにははやすぎる。……ゆふがた、学生がやつてきて、それへ、ワルツのレコオドをかけてゆく。湖のうへで、滑走してゐるのは、――ただ、鶺鴒の親子だけだ。

十四

軽井沢で、――落葉松の奥の小径では、もう、ほそ葉の泪が、いつぱい溜つて、赤くなつてゐる。自転車で、そのうへを踏んでみる。このなみだは、やはらかい。

十五

高原の艸、――軽井沢草木屋の、版画の絵はがきになつてゐる、……つまとりさう。やまをだまき。あかばな。まひづるさう。あけび。をとめゆり。ほととぎす。ほたるかづら。…

十六

自転車の感情、——素手であるくと、わたしのはうがずゐぶん迅いのだが、自転車を藉ると、矢庭に、脚弱《あしよわ》の友人のはうが迅くなる。思ふに、軽井沢では、自転車は、蹇《あしなえ》のにんげんに同情するのであるらしい。（この、感情的なる自転車！）

十七

軽井沢の林檎、——ここの林檎は、いつみても血色がよくない。ごつごつして、胸病むひとのやうに、蒼ざめてゐる。おそらく、高原の紫外線を避けて、いつまでも、紙の頬かむりをしてゐるからなんだ。

十八

旧道の菊屋で、——友人とふたり、秋のプディングの皿をかへた。国防色の、チョコレートがかけてある。
珈琲も二杯。

十九

九月なかばの軽井沢駅で、——夏が背をむけて、雨のなかを、落ちていつた。避暑客につづいて、しよんぼり。秋が傘さして、やつてきた。山霧と落葉松の隙《あひ》から、大股に。

——わたしは、ちやうど、その中間を歩いたことになる。夏服で。白靴で。ぬれしほたれて。…

二十

再び旧道で、——九月なかばといふに、気早《きばや》なここの商店街は、あらかた、渡り鳥のやうに都へ還つてゆき、店舗は、荷造り函そのまま板を釘づけにしてゐる。

街は、うへにゆくに随つて、寂しくなる。ちやうど、荷造り函のあひだを歩くに肖た、零落《うらぶ》れた気持。……秋霖が、この荷造り函をいつせいに濡らしてゐる。

二十一

姫鱒、――軽井沢上水の清冽な流れのなかで、嬋娟《すんなり》と、鰭《ひれ》や尾を研いでゐる。ときどき流されたふりをして、また元の位置へ戻る。ひどく億劫がり屋の、姫御前。……水があるから、しやうことなしに泳いでゐてやる、といつた風情だ。(わたしに女の子が生まれたら、あのやうに育てることではない!)

二十二

みたび旧道で、――草津ゆきの軽便が停るたびに、それでも、すこし派手な夏の色彩がこぼれ出す。だが、それらはどこへ、沁みこんで了ふのか。しばらくすると、また元のひつそりした、商店街になつて、雨がふつてゐる。
わたしは、洋服に下駄といふいでたち、宿の名を大きく書いた唐傘さして、林檎を購《か》ひに出る。

二十三

帰来、——秋霖のけぶるなか、新宿で、友人と別れる。お互に、旅嚢いつぱい、旅愁をぶらさげて。それに、旅の垢を、しこたま、くつつけて。

秋霖が車窓にかけた、寒い簾のむかうで、旅嚢がゆれてゐる。ゆれて、遠退《とほぞ》く。わたしの旅愁と一緒に。……

小さな時

蚊帳《かや》のあをい海のなかで、ついさつきまで、しきりと泳いでゐた子が、もう、やすらかな寝息をたてて、あどけない寝相を、わがかたへに横たへる。——そこだけ、時のながれが、ゆるやかに淀み、そこだけ、外界《そと》を搏つあらあらしい空気が、ゆつくり、和らぎなごんでゐる。和らぎなごんでゐる、としか思はれない。

わが手首に、小さく時を刻むもののひびきが、子の寝息に和し、
子の寝息もまた、おのづから、この小さな、時の刻みに和して、
あさい夏の夜が闌《た》ける。……

ふらここ

一

未明の庭に
きつこ、きつこ、と
ひとしれず　鞦韆《ふらここ》が鳴いてゐる
(たれもゐはしないのだ)
万緑《ばんりよく》の庭
ひとしれず　風が　ふらここを怡《たの》しんでをり
ふらここは　風を　怡しんでをり

二

未明の庭に入り
子のゐない鞦韆《ふらここ》を　うごかしてゐる
ふらここは鳴く、――きつこ、きつこ、と
なつかしげに　身を揺すつて
しばらくは無心
子が　それと遊んでゐるかのやうに
（しんと　深緑《ふかみどり》が　眼《まなこ》ほそめる未明の庭に）
巨いなる　たたかひのさなか
なほ沁みる　この閑かさ

三

未明の庭に入り
子のゐない鞦韆《ふらここ》に　乗つてゐる

子供の神《こころ》が
それに憑依《のりうつ》つて　漾《ゆら》いでゐる

庭のねむりの　深さ

忠告

いち日　手ごろな
やまひを抱《だ》いて　落葉松の林を
せつせとあるき廻る、
さうしたわたしに
――ね、そんなに歩いていいのかい」
病気のはうで、心配げに囁いた
――なに構ふものか　死なば諸共さ！」
わたしの内部《なか》で　強気に　さう応《いら》へするもののこゑがしてゐる

さうした問ひと応への　まんなかで
うつすら　わたしは病む

日がな一日　はらはら
泪こぼしてゐる　落葉松林の落葉松
その泪がはらはらと　樹下ゆく
わたしの肩に　胸に　ズボンのあはせ目に
音をさせないでふり積る
ふりはらふ　と
それは　やはり音たてず　地《つち》に零《こぼ》れた

夜、ねいりばなの襟あしを
ちくりと　落葉松のひと葉が刺す
——無理だ、あんまり歩きなさんなよ」
さういふつもりなんだらう　きつと…

燕

わたしの病室は三階の南面。

朝のきまつた時間に、旅客機が、巨きく窓をさしのぞいて、すぎる。

電線が、この窓をみながら、南北に走る。

ある朝、それへ、南方還りの瀟洒な珍客が、いつぱし見舞顔に、燕尾服で、わが室をさしのぞいたものだ。れいの黄いろな、口喧しい口でもつて、ぱちくり喋くりながら。

ふとわたしが、ふた言みこと挨拶をかへすと、この気ばやな、軽尻《からしり》の客は、気恥かしさうに首を縮めたと思ふと、日のあたる街筋のかたへ、つゥいと、消えた。

経過

頭髪に雲脂《ふけ》がたまるやうに、日を追うて、からだにも、疲労がたまり、垢がたまる。

精神が、表門で病気と格闘してゐるすきに、こつそり、肉体は裏口で、病気と仲よしになつてゐるのだ。

体温表のうへでは、脈搏《プルス》と熱の線が、縒《より》の戻つた、赤青なひ交ぜの縄のかたちで、即いたり離れたりしながら、絡みあつてははしがない。その交叉点で、眼に観えぬ生命の火花が、ぱちりと、散る。

いまでは、それが、わたしにもみえる。

乖離

精神ははげしく怒り、はげしく叱咤してゐても、肉体は、まだ、鉛のやうに重い。

じぶんの躰を支へた、天の糸の一本が断《き》れて、傾いた柱時計の振子のやうに、体重は、歪んでゐるらしい。

腕は指ほどに細まり、脚は腕ほどに痩せ、蹌踉と、起ちあがる。蹌踉と歩む。仆れる。さながら、喪家の犬に肖てゐる。（糧道を失つた、喪家の犬に。）

精神だけは怒りながら、はげしく叱咤しても、肉体は、いつまでも　どうしてかう鉛のやうに重いのだらう。

同居

ぽつぽつ、見舞客がふえる。

見舞客は四、五人あつまると、それぞれの知識と、それぞれの感情でもつて、わたしの病気を月旦し、わたしの病状を論議する。

そのあひだだけ、病気は、わたしからきりはなされて、孤りで、ぞんぶんに、憎まれ役にまはる。


ぽつぽつ、見舞客がひきあげていつて了ふ。

やがてわたしは、がらんとした、だだっぴろいシイツに、孤り、とりのこされる。——またぞろ、病気と一緒くたにされて。…

亡母七年

——本日の放送は全部終了いたしました
どちらさまも御機嫌よくお寝みなさいまし
さやうなら…」いま、ラジオは
夜のお別れの挨拶をしてゐる。
（わたしも「さやうなら」と呟いてみる）
かつて病床にあつて
「さやうなら」と、ラジオへ
いつもわかれの挨拶かへしてゐた母が
身罷つて、ことし七年がきた。

庭では秋に入つた証《あかし》に
つくつく惜しいと、法師蟬が啼く

時すぎゆくを、つくづく惜しいと啼きたててゆく
わたしには一分一秒のときの流れが
三十路の坂越えてから、よけいに迅い。
近来その迅さに無常のながれすら覚える。

（あの名残り惜しさがいまになつて判る）
アナウンサーの「さやうなら」…
あの余情こめた止めの一句。
それへ「さやうなら」と、応へした老い母の心情。
けふ、立秋の庭に啼きたてる法師蟬
あのもの惜しげなこゑにひびくわが心情も、またそれか。
羈旅にして空しくなつた旅人《たびびと》の魂魄が
つくしこひしと啼くと書いた
「百蟲譜」の詩人のおもひもまた
わが思ひにつらなる一聯の、名残りをしさのひびきか。

母逝いて、七年の秋
「さやうなら」と挨拶された母上の心情に
しんぞこ触れてみる、わたしです。
（お判りですか、母上…）

叱る

叱る　目になみだ　いつぱい溜め
叱られる　目になみだ　いつぱい溜め

なみだ　この　なみだ
ちちのなみだ　子のなみだ

なみだいつぱいためて　叱り
なみだいつぱいためて　叱られてゐる

四畳半に　春の日が　たまり
ちちの目に　子の目に　なみだたまり

『独楽』の巻頭に突如、現れた詩「征旅」について

征旅

蛾は
あのやうに狂ほしく
とびこんでゆくではないか
みづからを灼く　火《ほ》むらのただなかに
わたしは
みづからを灼く　たたかひの
火むらのただなかへ　とびこんでゆく

戦後の昭和二十二年に父の追悼を兼ねて出版された全詩集『高祖保詩集』に収録された『独楽』の巻頭詩は「征旅」である。この一篇は、あえて繰り返すが、わたしの目の前にある未刊の『独楽』の自筆原稿の中には見当たらないのだ。どうして全詩集にあるのか。そのナゾは編集をしてくれた岩佐東一郎が知っているだけである。

まず、「征旅」の初出誌が何であったか知る必要がある。外村彰教授によると、その雑誌名は聞きなれない「日本詩」である。生前の父は一篇の詩もこの雑誌に書いた形跡がないのだ。『日本現代詩辞典』（桜楓社）によると、この詩雑誌は昭和十九年六月創刊である。一か月後の七月五日に出征した父はその誌名すら知らなかったのではないかと思う。同誌の発行元は宝文館で編集は北村秀雄となっている。戦時下の雑誌統合は有名な話だが、この雑誌もその一つで、「若草」「令女界」が日本出版会の指示により「四季」「詩洋」「蠟人形」「文芸汎論」その他の有力詩誌を統合して「日本詩」となったのだ。詩人の育成をめざして河井酔茗、安藤一郎らが執筆、とある。これで「文芸汎論」が「日本詩」に統合された関係がわかったので、「征旅」が岩佐東一郎の手で「日本詩」に掲載されて当然といえるラインが見えてきた。

あとは、雑誌に掲載されたのが、十九年の十二月号なので、父の出征から五か月後と時間がかかり過ぎていることだ。父が「征旅」をかいたのは召集令状を受け取ってから京都の部隊に向かって東京を出た七月五日までの一か月位（？）の間であろうと推測してみる。父が、人生最後の詩「征旅」を書くことで頭がいっぱいのときに、同誌の発行元である宝文館をどう知り得たか、顔見知りの親しい編集者が「日本詩」に偶然いたかどうか、自分で「日本詩」宛に原稿を投函したとすれば、掲載が余りにも遅すぎるのではないかなど疑問が出る。

　最も考えられる線は岩佐東一郎の手を煩わせたことである。岩佐は父の第一詩集（昭和八年刊）以前からの友達で心から信頼している詩の大先輩でもある。二人とも文学報告会詩部に属していて傷痍軍人千葉療養所、茨城療養所、新潟療養所などを慰問して、詩について講演をした事実もある。父は安心して「征旅」を岩佐に郵送ではなく、手渡しで託したと思われる。岩佐は詩の内容やリズムに普段の父の詩にはあり得ない異常さがあるのを察知して「万一、父の追悼を組むことがあれば、「征旅」を使おう」とそのときに即断したに違いない。追悼全詩集『高祖保詩集』の『独楽』の巻頭に「日本詩」から「征旅」を抜き出したのは、当然のことと、わたしには思える。これは岩佐の編集手腕のすばらしさでもある。

　なお、「征旅」は「日本詩」の五ページに掲載されていたが、詩の一部は反戦的ともとれる内容なので、雑誌の編集部としては巻頭に置くわけにいかず、ぎりぎりの配慮をしたと感じられる場所であろう。敗戦の色が濃くなったとはいえ、まだ戦争中のことだからである。

辞世の詩　達観の八行、強烈なリズム

戦後の一時期、いくつかの出版社が詩人全集を企画した。父の作品もそのとき、選ばれたことがある。出版社別にその時の作品名を並べてみたい。

『現代詩人全集』（第八巻、角川書店、昭和三十五年刊）「希臘十字」「海燕と年」「牧歌的」「Lethe」「湖の cahier から」「乖離」「孟春」「雪もよい」「啊呍の行者」「夢に白鶏をみる」「路上偶成」「旅の手帖」「経過」

『日本現代詩大系』（第九巻、河出書房新社、昭和五十年刊）「等閑の箱」「湖の cahier から」「みずうみ」「山下町の夜」「去年の雪いづこ」「年の徂徠」「家」「神」

『精選日本近代詩全集』（ぎょうせい、昭和五十七年刊）「希臘十字」「昇華」「山下町の夜」

各出版社が独自の選者や解説者をたてて作品を選んだ結果がこれである。作品の完成度で選ばれたものと推測するが、作品から聞えてくる作者の声に注目して選んだとは思えない。わた

しは本書のなかで父の声を求めているのだが、どの作品からも父の声は伝わってこない。とくに第一詩集『希臘十字』は、父と詩神が仲良くなり、父が詩神の囁きにうなずきながら作ったものと感じている。

父がテーマに選んだ自然の変化、時の移り変わりなどは、詩のリズムも自然に静かに流れていくもので、耳をすましても父の声は聞きとれない。情感は十分に伝わってくるのだが。あえて聞こえる小さなつぶやきは、子供、家族、病いをテーマにした詩篇からである。

わたしは、父の詩を苦手にしているが、父の研究者が出て、父の詩が再び読まれかけたかに思われる数年前から父の詩を少しずつ読み始めた。そのときから、わたしは「征旅」のリズムの異常さに驚いている。このように強い調子のリズム、繰り返しは父の詩に縁遠いものだからだ。

この詩を読んだとき、最初は父の大声で叫ぶ声が聞こえてきた。また、自分の運命に怒り狂った叫び声のときもあった。戦争を憎み呪った声もあった。

だが、これらの反戦を叫ぶような声は「征旅」を単に読んだときに響いてきたものと気づいた。わたしは父の詩歴を考えるとき、高村光太郎と父との関係を考えなければならないことを忘れていたのだ。父は高村光太郎を心から尊敬していたことは間違いないが、それ以上に世話になっていることだ。父が十九歳のとき彦根で詩誌「門」を一年余り、八冊を出した。そのとき高村光太郎は第一号と最終刊号に文章を寄せて、誌名を高めてくれたほか、詩人たちに寄稿をすすめてくれたフシがある。昭和十八年には高村光太郎の若者の戦意昂揚をうながすような詩集『をぢさんの詩』の編集を父は引き受けている。その一年前の昭和十七年には、高村光太郎は日本文学報告会の詩部会部長にもなっている。

こうした情況をふまえると、父が先生を前にして「征旅」にみられるような反戦の声をあげられるわけがないと思えるのだ。とくに前半の四行は〝反戦〟ともとられかねないが、わたしは多くの人が戦場で死んでいく状況をそのまま描いただけと解釈する。父は性格としても不器用なので、右左を巧みに判別して動き回ることはできない人間なのだ。

ところで、わたしはこの原稿をパソコンではなく、一字一字マス目を埋めるようにボールペンで書いている。「征旅」を書き写しているのだ。そのとき、不思議な感覚におそわれた。八行の詩の前半部分は、無駄死にする兵隊の一般的な姿であるのに対して、後半の四行は父自身を蛾になぞらえて書いている。

わたしが、この後半部分を写しているときのこと、突然、右肩から背中にかけて冷たい血が流れるのを感じた。一瞬、気分が悪くなった。自分が遺書を書いているような錯覚にもとらわれた。本書を書くのをやめたい気分におそわれた。直感として、詩の後半部分は「父の辞世」と解釈せざるを得なかった。妻やわたしや妹に自分の気持ちを伝えようとしていたのだ。わたしはここで「征旅」を父の辞世の詩と確定した。いや、父がわたしの肩をつかんでそうするように頼んだのかも知れない。

このときの父の姿は、正装して机の前に坐り、愛用の万年筆ウォーターマンでゆっくり最後の四行を書き進めていたのだ。わたしは、この詩を読んだときは、「父はこの詩を大声で叫んだ」「反戦の詩だ」などと書いたが、それは的はずれであると感じた。父はすでに腹をくくった武士のように落着いた低く太い声で書き終えた辞世を読み進んでいたのだ。

おわりに

父は私淑する二人の大先輩詩人、高村光太郎、堀口大學の薫陶を受け、時には直接助けられ、非常に幸せな詩人人生を送ったように思える。父は昭和二年に詩誌「椎の木」に加わり昭和十九年七月五日の出征の日までの短い創作期間に二百篇に満たない詩篇を発表した。その執筆舞台は「椎の木」（百田宗治主宰）「月曜」（井上多喜三郎主宰）「文芸汎論」（岩佐東一郎主宰）三誌が中心で、父は一作ごとに詩の表現が詩としてどこまで許されるか、多分、マイペースでその限界に挑戦し続けていたはずだ。寛大な気持ちの三人の主宰者のおかげである。テーマは俳句的ともいえる動物、植物、自然、季節、時の移り変わりなどが中心だった。モダニズム的な表現を試みた時期もあったが、結婚して子供ができるにしたがい、テーマも家庭、人へひろがり、父の詩は一つの鉱脈を掘り当てたように、自然にやさしさがにじみ出ているような詩境に達していた。

父の詩集は生前に四作あるが、運悪く「十五年戦争下の出版」で、しかも自費出版、少部数で多くの人の目にふれる機会がなかった。でも、昭和六十三年に父の詩が思潮社の現代詩文庫に入り、知名度もある程度あがった。この文庫の解説や外村彰教授の評伝『念ふ鳥』の栞などにいつも温かい文章を寄せられた詩人、荒川洋治の協力の効果も大きい。

父への関心がわたしに感じられるようになったのは、広島の安田女子大の外村彰教授（文学博士）が約二十年をかけて父のすべてを調べあげ『高祖保書簡集――井上多喜三郎宛』（平成二十年刊）、詩人の評伝『念ふ鳥――詩人高祖保』（同二十一年刊）、エッセイ集『庭柯のうぐひす』（同二十六年刊）、『高祖保集――詩歌句篇』（同二十七年刊）（いずれも発行所は亀鳴屋＝金沢市大和町三－三九）を出版してからだ。また、高祖家の当主、高祖良子、岡山の郷土史研究家で、高祖保顕彰会代表でもある清須浩光の地道な活動も実を結び始めた。このような一連の機運ときびしい編集者遠藤みどりの助言によって背中をおされ本書を書き終えたいま、父と二人三脚で千メートルを完走した気分である。と同時に、わたしは八十五歳になってはじめて親孝行ができた喜びをかみしめている。読者の皆様、父の声は如何でしたか。ありがとうございました。

最後にもうひとこと。わたしは「征旅」の中に父の唯一の声を聞き出すことが出来た。これが本書の執筆動機なのだ。わたしはあえて「征旅」を父の辞世の詩と判定した。父は三十四歳だったので、本心から辞世になるとは思っていなかっただろう。でも、出征直前の最後の作であることや異常なリズムから死を予知して書かれたことも想像できる。息子として父の詩歴に一つの区切りをつける必要もあろうかと考えた次第である。

［注］引用の詩文は、基本として旧漢字は新漢字とし、主要な五人の登場人物は歴史上の人物なのでその他の方々を含め全員の敬称を省略した。

年譜

明治四十三年（一九一〇）
五月四日、岡山県邑久郡牛窓町の素封家に生まれる。父高祖金次郎、母は高等師範学校附属音楽学校卒の宮部富士。

大正七年（一九一八） **八歳**
六月十一日、父金次郎死去（六十二歳）。

大正八年（一九一九） **九歳**
母の郷里、滋賀県彦根町の外馬場に転居、彦根尋常高等小学校二年に編入。

大正十二年（一九二三） **十三歳**
彦根中学に入学、一年生のときから交友会誌に投稿。

大正十四年（一九二五） **十五歳**
新潮社の「文章倶楽部」（十二月号）に生田春月選で詩「執念のつかれ」が掲載さ

れる。

昭和二年（一九二七） 十七歳

中学五年、百田宗治の第一次「椎の木」に参加。同年二月同誌に詩篇「冬二つ」、三月「童心」、六月「寸興」、七月「六月をまねく」、九月「短章」など寄稿。

昭和四年（一九二九） 十九歳

彦根に住む歌人木俣修と「香蘭」にはいり翌年には同人となる。四年から七年にかけて積極的に短歌を発表。その後の八年から十四、五年の間は歌誌「窓」「短歌詩人」などに詩、短歌を発表する。

一方では、自分で詩誌「門」を編集、一月に一号を出したあとは隔月刊で、翌五年には二月、十二月に出し、計八号で終刊。この間に寄稿を依頼した詩人に高村光太郎、百田宗治、村野四郎、白鳥省吾、春山行夫、佐藤清、外山卯三郎、安西冬衛、三好達治、野口米次郎、尾形亀之助、岡崎清一郎、中西悟堂、近藤東らがいる。高村光太郎とはこれを機に親しくなり、十八年には『をぢさんの詩』の編集をする。

昭和五年（一九三〇） 二十歳

金沢山砲第九連隊に幹部候補生として入営、約一年間、同連隊に属した。

昭和七年（一九三二） 二十二歳

四月、國學院大學高師部に入学、母富士とともに彦根から東京・碑文谷に移る。

昭和八年（一九三三）　二十三歳

八月、処女詩集『希臘十字』を百田宗治装幀で「椎の木」社から七十部限定で発行、六十銭。

昭和九年（一九三四）　二十四歳

「椎の木」の編集にたずさわるかたわら乾直恵らと季刊誌「苑」の編集をする。

昭和十年（一九三五）　二十五歳

東京市大森区（現・大田区）の田園調布三―三七八に移転。

昭和十一年（一九三六）　二十六歳

三月、國學院大學卒業。四月、叔父宮部千太郎経営の対独貿易商社宮部末高合名会社に入社。十二月、母富士死去（六十五歳）。

昭和十二年（一九三七）　二十七歳

一月、香川県丸亀市在住の有田仁三郎の長女徳子と結婚。六月、宮部千太郎死去（六十三歳）。遺言により家督を相続し、宮部姓を名のる。十月、長男修誕生。この年、近江の詩人井上多喜三郎の発行する詩誌「月曜」に寄稿。

昭和十五年（一九四〇）　三十歳

昭和十六年（一九四一）　三十一歳

六月、「故宮部千太郎追悼文集」編纂。

七月、第二詩集『禽のゐる五分間写生』を月曜発行所より出版、一部五十銭。

昭和十七年（一九四二）　三十二歳

五月、第三詩集『雪』を文芸汎論社より出版、三円。翌十八年に文芸汎論詩集賞を受賞。

昭和十八年（一九四三）　三十三歳

四月、八幡城太郎句集『相模野抄』の装幀、造本、編集をする。このころ、岩佐東一郎らと傷病兵の慰問講演で各地を廻る。十一月、長女泰子誕生。

昭和十九年（一九四四）　三十四歳

七月、第四詩集『夜のひきあけ』を青木書店より二千部出版、一円五十銭。七月七日、陸軍少尉として京都師団に応召、この秋にビルマ戦線に向かう。

昭和二十年（一九四五）

一月八日、ビルマの野戦病院で戦病死。享年三十四。東京町田市の青柳寺住職で俳人の八幡城太郎より戒名「玲瓏院玄鶴天童居士」をもらう。

昭和二十二年（一九四七）

『高祖保詩集』が岩佐東一郎、城左門らの手で岩谷書店から刊行された。この詩集は巻頭に堀口大學の高祖保追悼詩を置き、既刊詩集から選んだ六十篇の詩に、出征のために出版できなかった未刊詩集『独楽』の中から二十四篇を加える。

昭和二十九年（一九五四）
十一月、八幡城太郎主宰の俳誌「青芝」で「天童高祖保追悼号」を組む。
昭和三十五年（一九六〇）
角川書店発行の文庫版の現代詩アンソロジー『現代詩人全集』⑧に「希臘十字」など十数篇の作品が収録される。
昭和五十年（一九七五）
五月、河出書房新社『日本現代詩全集』（第九巻）に既刊詩集から「等閑の箱」など八篇が収録される。
昭和六十一年（一九八六）
四月、『かもめが翔んだ』（日本随筆紀行⑧──横浜）が作品社から刊行され、巻頭に詩「山下町の夜」が収録される。
平成二十──二十七年（二〇〇八──二〇一五）
外村彰教授（広島県・安田女子大学）により、高祖保の評伝、エッセイなどが四冊刊行される。『高祖保書簡集──井上多喜三郎宛』（平成二十年刊）、評伝『念ふ鳥──詩人高祖保』（平成二十一年刊）、エッセイ集『庭柯のうぐひす──高祖保随筆集』（平成二十六年刊）、『高祖保集──詩歌句篇』（平成二十七年刊、以上発行所はすべて龜鳴屋）。

略歴

高祖保（こうそ たもつ）

1910年、岡山県邑久郡牛窓町生まれ。1919年に滋賀県彦根町に移り住む。滋賀県立彦根中学校在学中の1927年より百田宗治主宰「椎の木」同人となる。卒業後、1929年に詩誌「門」（全8冊）を編集刊行（高村光太郎、村野四郎らが寄稿）。1932年、國學院大学高等師範部に入学。1933年、第1詩集『希臘十字』刊行。1936年、國學院大學高等師範部を卒業。1941年、第2詩集『禽のゐる五分間写生』刊行。1942年に刊行の第3詩集『雪』で、翌年文芸汎論詩集賞を受賞。1944年、第4詩集『夜のひきあけ』刊行後応召、1945年、ビルマの野戦病院で死去。没後、1947年に遺族や詩友らによって未刊詩集『独楽』からの24篇を加えた『高祖保詩集』が刊行される。

宮部修（みやべ おさむ）

1937年、東京生まれ。青山学院大学大学院英米文学研究科修士課程修了。1964年、読売新聞社入社。編集局文化部で教育欄、読書欄、文化欄デスクを経て、出版部参与としてベストセラー『否認』（堀田力著）などをプロデュース。退職後、桜美林大学で10年間非常勤講師をつとめる。著書に『インタビュー取材の実践』（晩聲社）、『文章をダメにする三つの条件』（丸善ライブラリー）、『一夜漬け文章教室』（ＰＨＰ研究所）など。

父《ちち》、高祖《こうそ》保《たもつ》の声《こえ》を探《さが》して

著者
宮部《みやべ》　修《おさむ》
発行者
小田啓之
発行所
株式会社思潮社
〒一六二―〇八四二　東京都新宿区市谷砂土原町三―十五
電話〇三（五八〇五）七五〇一（営業）
　〇三（三二六七）八一四一（編集）
印刷所
三報社印刷株式会社
発行日
二〇二三年八月十五日